행복한 씨앗

글 · 구성 | 이원준

펴낸이 | 최병섭
펴낸곳 | 이가출판사

초판발행 | 2005년 7월 15일

출판등록 | 1987년 11월 23일
주        소 | 서울시 마포구 합정동 368-54
대표전화 | 335-3767
팩시밀리 | 335-3768

〈값 8,000원〉

잘못된 책은 바꿔드립니다.

행복한 씨앗

ISBN | 89-7547-069-5 (03810)

# 행복한 씨앗

글·구성 | 이원준

이가출판사

## 여릿말

우리는 주변의 것들을 너무 소홀히 지나쳐버리며 살고 있습니다.
우리가 원하는 행복은 그리 멀리 있거나 또 거창하지도 않는데 말입니다.
뒤척이던 긴 밤을 보낸 뒤 찾아온 눈부신 햇살에서도 작은 희망을 볼 수 있습니다.
어려운 이웃에게 내미는 가슴에서도 얼마든지 행복을 담아낼 수 있습니다.
보기만 해도 흐뭇한 친구와 이야기를 나눌 때도 행복할 수 있습니다.
또한 가족과 사랑하는 사람의 시선에서도 얼마든지 느낄 수 있는 것이 행복입니다.

긴 여행과도 같은 우리의 인생 곳곳에는 나름대로 행복과 기쁨을 꽃피울 씨앗이
묻혀있습니다. 단지 우리의 지나친 기대감으로 혹은 이기심으로 그것을 발견하
지 못할 뿐입니다. 남들보다 앞서 가는 것만이 즐거운 여행이 아닙니다. 옆에서
쓰러지고 뒤지는 사람들을 가슴으로 보듬고 어루만지며 더불어 가야 하는 것입
니다.

사랑과 배려라는 고귀한 감정을 지닌 우리는, 작은 것에서도 기쁨을 발견할 줄 알아야 합니다. 사랑의 우산을 이웃과 함께 쓰고 희망이라는 어깨동무로 마음을 이어갈 때 행복은 찾아오는 것입니다.

소박하지만 감동이 있고, 화려한 삶은 아니지만 진정한 행복을 길잡이 해주는 우리들의 이야기를 모아보았습니다. 작지만 많은 사람들과 나누는 풋풋한 정이 있습니다. 고귀한 희생을 통해 삶의 의미를 조명해주는 감동이 있습니다. 사랑하는 사람이 얼마나 소중한 존재인지 깨닫게 해줍니다. 그리고 결코 순탄하지 못한 인생의 길에 무엇이 기쁨이고 평화인지 이정표같은 이야기들이 담겨져 있습니다. 모두가 우리의 삶을 가치 있게 해주는 행복한 씨앗들입니다.

사랑이 넘쳐나고 평화로운 여정을 위해 지금 행복한 씨앗을 심어보면 어떨까요.

셋

넷

행복한 씨앗

우리에게 필요한 기적이란 신이 아닌 바로 우리의 가슴에서 건져올릴 수 있는 것입니다

하나

삶의 목표를 잊지 않고 산다는 것은
행여 내가 잃어버린 것들까지
되찾을 수 있는 고귀함입니다.

내 밖의 사랑

도심 외곽에 있는 어느 공동묘지 관리인에게 한 가지 근심이 생겼습니다.

지난 수개월 동안 한 주일도 거르지 않고 한 여인으로부터 편지와 우편

환이 동봉되어 왔었습니다. 죽은 자기 아들의 무덤에 꽃다발을 놓아달라는 부탁이었습니다. 그런데 오늘 그 여인이 직접 찾아온다는 말에 관리인은 착잡한 심정이었습니다.

오후가 되자 그 여인이 찾아왔습니다. 병색이 완연한 여인은 커다란 꽃다발을 안고 와서는 관리인에게 말했습니다.

"오늘은 제가 직접 아들 무덤에 꽃을 놓아주려고요. 사실 전 앞으로 한 달도 살지 못할 중병에 걸렸어요. 처음 아들이 죽었다는 사실에 견딜 수가 없었지요. 그래서 자포자기 심정으로 몸을 돌보지 않은 탓에 몹쓸 병까지 걸렸어요. 어쨌든 그래서 마지막으로……"

관리인은 그녀의 초췌한 모습을 물끄러미 바라보다 결심을 한 듯 입을 열었습니다.

"그동안 말씀을 드리려고 했는데…… 꽃다발을 놓아달라며 계속 돈을 보내주시는 것을 유감으로 생각했었습니다."

관리인의 말에 여인은 두 눈을 동그랗게 떴습니다.

"유감이라니 그게 무슨 말인가요?"

"이곳에서는 어느 누구도 그 꽃을 보거나 향기를 맡을 수가 없어요. 그러나 여기서 가까운 병원에 있는 사람들은 꽃을 아주 좋아합니다. 그들에게 있어서 꽃은 생명과도 같은 의미일테니까요. 그들은 직접 눈으로 꽃을 보고 냄새를 맡으면서 건강해질 자신을 그려볼 것입니다. 비록 아픈 몸으로 병원에 있지만 그들은 살아있습니다. 하지만 이곳에는 살아있는 사람이 아무도 없어요."

여인은 아무런 대답도 하지 못했습니다. 그녀는 잠시 자리에 앉아 있다가 말없이 돌아갔습니다.

몇 달이 지난 뒤 관리인은 자기 눈을 의심하게 되었습니다. 한 달 밖에 살지 못한다고 하던 그 여인이 다시 찾아온 것입니다. 그것도 아주 건강한 모습으로 환한 웃음까지 지으며 와서는 관리인에게 말했습니다.

"그때 했던 당신 말이 맞았어요. 그래서 직접 꽃다발을 병원 환자들에게 갖다 주기 시작했어요. 환자들은 마치 새 생명을 얻은 듯 매우 기뻐하더군요. 그리고 더욱 기쁜 사실은 제 중병이 씻은 듯 나았다는 거예요. 의사들조차 기적이라는 말만 하지 그 이유를 모르겠대요. 하지만 저는 분명히 알고 있어요. 지금 저는 삶의 목표를 다시 찾았답니다."

여인은 밝게 웃으며 관리인에게 목례를 하고는 돌아갔습니다.

그녀가 되찾은 삶의 목표는 곧 지금을 살아야 한다는 깨달음이었을 것입니다. 자신을 죽음으로 몰아가고 있던 몇 달 전의 모습은 찾을 수가 없었습니다. 그녀는 꽃을 통해 생명을 찾으려는 사람들에게서 많은 것을 깨달은 셈입니다. 비록 사랑하는 아들을 잃었고 그로 인해 중병에 걸렸지만 그녀는 늦게나마 생명의 소중함을 알게 된 것입니다.

살아있다는 사실에 감사하며 자신의 삶을 조용히 되짚어보는 것은 우리 인간만이 가질 수 있는 소중한 시간입니다. 삶의 목표를 어디에 두고 있는지 그리고 왜 살아서 숨을 쉬고 있는지 우리는 늘 잊지 말아야 하겠습니다.

윤동주의 시 '길' 의 한 부분이 반가운 꽃다발처럼 떠오릅니다.


풀 한 포기 없는 이 길을 걷는 것은
담 저쪽에 내가 남아 있는 까닭이고,


내가 사는 것은 다만
잃은 것을 찾는 까닭입니다.

인간이 동물과 다른 것은
**슬픔 앞에서** 눈물을 흘릴 줄 안다는 것입니다.

사랑의 본능

아침 일찍 배달된 신문을 가지러 마당으로 나간 그는 소스라치게 놀라고 말았습니다. 진흙투성이의 어미개와 강아지가 그의 기척에 놀라 도망가는 것을 보았기 때문입니다.

그 후로도 강아지 모자는 이따금 몰래 그의 집을 찾아오곤 했습니다. 그도 이제 막 새끼를 낳은 어미개를 기르고 있었는데 아마 개밥을 훔쳐 먹으러 오는 듯했습니다. 가여운 생각도 들었지만 떠돌이개들을 받아주기에는 마당이 너무 좁아 어쩔 수가 없었습니다. 그는 두려움과 슬픔이 가득해 보이는 떠돌이개를 못 본 척하기로 마음먹었습니다.

눈이 내리던 어느 추운 날, 떠돌이 어미개가 그만 차에 치어 죽고 말았습니다. 홀로 남은 강아지는 낑낑거리고 울며 동네를 떠돌기 시작했습니다. 강아지가 집앞을 지날 때면 시끄럽고 귀에 거슬려 그는 짜증이 나곤 했습니다.

그런데 다음날부터인가 강아지 소리가 들리지 않았습니다. 알고 보니 그가 기르던 어미개가 자기 새끼들과 함께 그 강아지를 품고 있었습니다. 비쩍 마르고 꾀죄죄한 강아지는 제 어미의 품인양 곤한 잠에 빠져있었습니다. 그 모습을 본 그는 낯이 뜨거워졌습니다.

'아, 우리 집 개가 나보다 낫구나. 난 어쩜 개만도 못한 인간일지도……'

그는 아직까지 거리에 방치된 어미개를 정성껏 뒷산에 묻어주었습니다. 그리고 어미를 잃은 떠돌이 강아지에게 이름을 지어주고 기꺼이 한 가족으로 맞아들였습니다.

문득 얼마 전 케냐에서 있었던 믿기 힘든 이야기가 생각납니다. 나이로비의 숲에 버려졌던 생후 2주일 된 갓난아기가 개에게 발견돼 구조된 일이 있습니다. 그 개는 아기를 물어다 집에 있는 자기 새끼들 옆에 갖다 놓았고, 주인에게 발견된 아기는 병원으로 옮겨져 극적으로 목숨을 구할 수 있었다고 합니다. 사람들은 아기에게는 천사라는 의미로 '에인절' 이라고, 개에게는 구조자라는 뜻의 '음코보지' 라는 이름을 붙였다더군요.

단순히 자기 새끼로 착각한 어미 개의 보호본능이었을까요? 아니면 정말 개보다 못한 인간에게 주는 강한 메시지일까요?

우리가 생각하는 것만큼 **이웃은** 멀리 있는 것이 아닙니다.
다만 우리가 **먼저** 다가가지 못해
**멀어지고** 있는 것이지요.

## 양초 두 자루

알뜰하게 저축하고 누구보다 열심히 산 덕분에 그녀는
마침내 새 집으로 이사를 했습니다. 너무 기쁜 나머지 전날 한숨도 못 자
고 꼬박 새운 그녀는 이삿짐을 정리하면서도 피곤한 줄 몰랐습니다.

그런데 정리가 미처 끝나기도 전에 정전이 되어 난감했습니다.

그녀는 더듬거리며 겨우 양초를 찾아 불을 밝혔습니다. 그때 문을 두드

리는 소리가 들려 나가보니 앞집에 산다는 웬 소녀가 양손을 뒤로 한 채 서 있었습니다.

"아줌마, 초 있어요?"

소녀의 말에 그녀는 어이가 없었습니다. 이사를 잘못 온 게 아닌가 하는 생각마저 들었습니다. 이사 온 첫날부터 앞집 사람이 아이에게 물건을 빌려오라고 시키다니 말문이 막혔습니다.

그녀는 망설였습니다. 자신을 만만하게 생각하는 앞집 사람에게 양초를 순순히 빌려주면 다음에는 또 무엇을 요구할지 모른다는 생각 때문이었습니다. 처음부터 버릇을 고쳐놔야겠다는 생각에 그녀는 매몰차게 말했습니다.

"아줌마가 이제 막 이사를 와서 양초가 없단다."

그녀가 막 문을 닫으려고 할 때였습니다. 소녀가 양손을 앞으로 내밀며 작은 소리로 말했습니다.

"저기요. 우리 엄마가 이걸 갖다드리라고 했거든요."

앞으로 내민 소녀의 양손에는 제 팔뚝만한 양초 두 자루가 들려있었습니다.

어둠 속에서도 빛을 내는 것이 **가정**입니다.
그래서 불완전한 인간을 만든 **신**이 쳐준 **울타리**지요.

## 가족의 울타리

**아주 아득한 먼 옛날** 무언가를 만들고 있는 하느님 곁

으로 천사가 다가와 물었습니다.

"하느님, 지금 뭐하고 계세요? 퍼즐게임이라도 하시나요?"

하느님이 인자한 미소를 가득 머금은 채 대답했습니다.

"가족을 만들고 있는 중이야."

그 말에 흥미가 생긴 천사가 질문을 퍼붓기 시작했습니다.

"가족을요? 음······. 그렇군요. 그래서 부품들이 무척 많군요. 이 중에서 가장 큰 부품은 뭐예요?"

"바로 아버지라는 부품이지."

"아버지라······. 그런데 너무 큰 것 같아요."

"물론이지. 강해야 되기 때문에 클 수밖에······. 열심히 일을 해야 하고 무거운 짐들을 짊어져야만 되지. 그들은 내 모습을 본떠 만들었는데 가족들에게는 든든한 버팀목 구실을 한단다. 넓은 어깨는 아이들을 기르고 아내의 슬픔을 받아주기 위한 것이지. 그의 커다란 발은 단단한 기초를 상징하고 있어. 뱀을 밟아죽이고 아이들의 친구가 되기도 하며 자녀들에게 좋은 모범의 발자국을 남긴단다."

그러자 천사가 고개를 갸우뚱거리며 물었습니다.

"그런데 이 귀여운 부품은 뭔가요?"

천사가 가리킨 것을 바라보며 하느님이 말했습니다.

"어머니라고 불리지."

"귀엽기는 한데 너무 약하지 않을까요?"

"겉으로 보기에는 작고 귀엽지만 강하단다. 네가 보기에는 아버지가 강하게 보이지? 그것은 모든 사람에게 안정감을 주기 위한 것이야. 어머니는 예쁘게 보일 필요가 있지. 하지만 그녀의 내부에는 사랑이라는 위대한 힘이 있는데 아주 강해서 모든 사람들을 기꺼이 다 수용할 수 있지."

"와, 그런데 이 부품들은 정말 작네요!"

천사의 쉴새없는 호기심에 하느님이 다시 입을 열었습니다.

"아이들이라고 한단다. 아이들을 통해 비로소 한 가족이 완성되는 것이지. 부모가 아이를 임신하면 난 그 아이들에게 영혼을 준단다. 부모와 내가 합심해서 새 생명을 내보내는 거야. 부모가 된 사람들은 자기 자녀들에게 좋은 부모가 되는 법을 가르쳐 주지."

천사가 의아한 얼굴을 한 채 물었습니다.

"그런데 여기 있는 가족은 부품 하나가 빠진 것 같네요? 아버지가 없는 것 같은데……"

하느님이 차분한 어조로 설명했습니다.

"모든 부품을 완벽하게 갖춘 것만을 가족이라 하지는 않는단다. 몇 개의 부품이 빠진 가족도 가족이란다. 아버지가 없게 되면 어머니가 양쪽 구실을 다 하게 되지. 그 반대의 경우도 가능하단다. 필요에 따라 그렇게 되는 거지. 더군다나 어떤 가족들은 한 사람으로만 구성돼 있기도 하단다. 하지만 그들도 가족은 가족이지. 만일에 그들이 외롭다면 내가 만들어 보낸 다른 가족 가운데 하나가 그들을 돕는단다. 가족은 바로 사랑으로 결합되지. 나의 사랑과 그들의 사랑으로 말이다."

천사가 약간 우려 섞인 목소리로 말했습니다.

"어쨌든 잘 돼야 될 텐데요."

"암 그래야지. 이 세상을 하나로 묶어주는 게 바로 가정이야!"

하느님은 앞에 놓은 여러 부품들을 천천히 둘러보며 흐뭇한 미소를 지었

습니다.

자식을 사랑하는

**부모의 마음**은 그릴 수도 적을 수도 없습니다.

가장 고귀한 것은 **가슴으로만** 느낄 수 있으니까요.

나의 아버지

아들은 매일 밤 책을 읽어주는 아버지가 자랑스러웠습

니다.

책을 읽어주는 아버지의 목소리를 듣고 있으면 그 속으로 빨려 들어가는 착각에 빠지고는 했습니다.

"아빠, 그 책 속에는 또 뭐가 들어있어요?"

책을 꺼내들고 천천히 방으로 들어오는 아버지에게 물었습니다.

"울창한 숲과 늠름한 사자와 재빠른 원숭이가 있단다."

"저도 그 책을 좀 읽어보면 안 되요?"

그러나 아버지는 인자하지만 단호한 목소리로 말했습니다.

"나중에 네가 더 크면 그때 보여주마."

그날 아버지는 밀림을 누비면서 동물들과 어울리는 타잔의 이야기를 읽어주었습니다.

어쨌든 아들은 아버지가 읽어주는 동화 속 이야기를 들으며, 꿈 많고 건강하게 잘 자랄 수 있었습니다.

어느 날, 집이 이사를 하게 되어 아들은 아버지가 읽어주던 책들을 상자에 차곡차곡 담고 있었습니다. 순간 자상하게 책을 읽어주던 아버지의 목소리가 들리는 듯했습니다.

아들은 자기도 모르게 책을 펼쳐보았습니다.

"아⋯⋯!"

아들은 너무나 깜짝 놀라 그만 소리를 질렀습니다. 온갖 화려한 그림과 다양한 이야기가 가득할 줄 알았던 책에는 아무것도 없었습니다. 그림은

커녕 읽을 수 있는 글자가 하나도 없었습니다. 다만 아버지의 책에는 올록볼록한 점들만 무늬를 이루어 가득할 뿐이었습니다. 그림 한 장도 글자도 없는 그것은 점자책이었습니다. 아들은 누가 볼까봐 서둘러 책을 덮고 말았습니다.

아들은 아버지가 책을 보여주지 않은 이유를 알 수 있었습니다. 그리고 그동안 아버지의 행동이 어딘지 모르게 이상했던 이유를 뒤늦게야 알 수 있었습니다.

한달쯤 지났을 무렵 아들은 교내 백일장에서 최우수상을 탔습니다. 기쁜 마음에 단숨에 달려와 아버지에게 상장과 '나의 아버지'라는 제목의 원고뭉치를 내밀었습니다.

"오, 자랑스럽구나. 정말 대견해. 그래, 나는 너무 벅차서 그러니 당신이 좀 대신 읽어봐요."

아버지는 곁에 있던 어머니에게 원고뭉치를 내밀며 말했습니다. 그때 아들이 약간 울먹이는 소리로 그 원고를 대신 받아들었습니다.

"제가 읽을 게요. 그동안 저를 위해 아버지께서 매일밤 동화책을 읽어주셨잖아요. 이제는 제가 읽어드릴 차례예요."

아들은 자신이 쓴 원고를 천천히 읽기 시작했습니다. 원고를 거의 다 읽었을 무렵 아버지의 눈에서 흐르는 눈물을 보았습니다. 아들은 입술을 깨물며 원고를 끝까지 읽었습니다. 아버지가 눈물을 감추며 어렵게 입을 열었습니다.

"감동적이로구나. 내가 알고 있는 이야기 중에서 가장 아름답고 훌륭해."

아들은 비로소 참았던 눈물을 터뜨리며 울먹였습니다.

"그렇지 않아요. 아버지께서 제게 들려주셨던 많은 이야기들이 더 훌륭해요."

아들은 아버지의 품에 안겨 마음껏 울었습니다.

우리에게 **필요한 기적이란**

신이 아닌

바로 우리의 **가슴에서** 건져올릴 수 있는 것입니다.

오 천 오 백 원 의 기 적

**일곱 살의 소녀는** 부모님이 나누는 이야기를 엿듣고 깜짝 놀랐습니다. 남동생이 많이 아프지만 치료비가 없다는 것이었습니다. 동생을 살리기 위해서는 큰 병원에서 많은 돈을 들여 대수술을 해야만 하는데 지금은 집세를 낼 돈도 없다고 하였습니다.

울고 있는 엄마에게 아빠가 하는 말이 들려왔습니다.

"작은 애에게 기적이라도 일어났으면 좋겠어요."

소녀는 동생이 죽을지 모른다는 생각에 겁이 덜컥 났습니다. 소녀는 저금통을 뜯어 그동안 모은 동전들을 세어보았습니다. 십 원짜리까지 합쳐 모두 오천 오백 원이었습니다. 소녀는 그것을 싸들고는 집을 나와 뛰어갔습니다. 기적을 사기 위해서였습니다. 그것이 얼마인지 또 어디를 가야 구할 수 있을지 몰랐지만 가만히 있을 수가 없었습니다.

소녀가 밤거리를 헤매다 들어간 곳은 약국이었습니다.

"어떻게 왔니?"

누군가와 이야기를 나누던 약사가 물었습니다.

"제 동생을 살려주세요. 동생 머리 속에 이상한 것이 자라고 있대요. 그런데 기적이 아니면 살릴 수가 없대요. 그래서 기적을 사러왔어요."

"뭐라고?"

약사는 휘둥그래진 눈으로 소녀를 바라보았습니다.

"제가 기적을 살 돈을 가져왔어요. 돈이 모자라면 제 인형하고 머리핀까지 다 드릴게요."

소녀가 울먹이며 말하자 약사는 아이의 손을 잡으며 말했습니다.

"얘야, 난 지금 중요한 손님이 오셔서 바쁘니까 나중에 다시 오렴."

그러자 중요한 손님이라는 신사가 조용히 물었습니다.

"그래, 동생에게 기적이 필요하다고?"

"너무 아파서 수술을 해야 한대요. 그런데 아빤 돈이 없어서 제 저금통에 있는 돈을 갖고 왔어요."

"음, 얼마를 가져왔지?"

"오천 오백 원이요."

그러자 신사가 환하게 웃으며 말했습니다.

"오호, 그거 참 기막힌 우연이로구나. 네 남동생에게 필요한 기적을 사려면 정확히 오천 오백원이 필요하거든."

그러면서 신사는 소녀의 작은 손을 잡았습니다.

"지금 당장 너희 집으로 가자꾸나. 가서 부모님과 동생을 만나보고 싶구나. 마침 내가 갖고 있는 기적이 네가 사려고 한 기적과 같은지 한번 봐야겠구나."

그 신사는 세계적인 신경전문의로 명성이 높은 박사로 어려운 처지에 있는 아이들을 위해 인술을 펼치던 중이었습니다. 마침 소녀가 사는 동네 약국에 들른 그는 그런 아이를 수소문하던 중이었습니다.

그 수술은 오천 오백 원에 이루어졌고 소녀의 동생은 얼마 후 건강을 되찾을 수 있었습니다.

선한 일은 쉽게 눈에 띄지 않아도
영원히 기억되고 큰 기쁨을 낳는 고귀한 것입니다.

## 빵이 준 희망

여덟 살 무렵 보육원을 무작정 뛰쳐나온 그는 떠돌이 생활을 시작했습니다.

잠은 지하도나 공원 벤치에서 잤고, 추운 겨울에는 공중전화 부스를 찾아 새우잠을 자기도 했습니다. 온갖 고생을 하면서도 그는 젊은날의 추억이라며 애써 고통을 감추려 했습니다. 그러나 당장이라도 쓰러질 것만 같은 배고픔 앞에서는 그도 어쩔 수 없었습니다. 가진 돈조차 없을 때는 별 수 없이 가게에서 먹을 것을 훔쳐야만 했습니다.

스무 살을 넘긴 어느 날, 슈퍼에서 몰래 빵을 훔쳐 도망나오다가 그만 주인에게 들키고 말았습니다. 그때 누군가 나서며 말했습니다.

"이 사람 빵값은 제가 낼 겁니다."

금테 안경을 쓴 청년이었는데 순간 반가운 생각부터 들었습니다. 청년은 대신 빵값을 계산하고는 자기 손에 들려있던 비닐봉투까지 그에게 내밀었습니다.

"저도 마침 빵하고 우유를 샀는데 이것도 가져다 드세요."

순간 그는 자존심이 무너져 소리를 버럭 질렀습니다.

"뭐야, 내가 거진 줄 알아?"

사실 본심은 그게 아니었지만 자신보다 부유해 보이고 부모를 잘 만나 호강하는 것 같아 미운생각이 들었습니다. 그래서 나이도 훨씬 많아 보이는 청년에게 대뜸 반말을 해댔습니다.

"당신이 나한테 빵값 한번 내줬다고 무슨 은인이나 되는 줄 아는데 괜히 나서지 말라고!"

그러나 청년은 자신이 잘못을 저지른 사람처럼 공손한 태도로 말했습니다.

"듣고보니 그렇군요. 제가 경솔했습니다. 그럼 나중에 제게 빵 하나를 사주세요. 그럼 되겠지요?"

청년은 자신이 살고 있는 주소를 적어 그에게 내밀었습니다.

청년과 헤어져 돌아오는 길에 그는 아주 큰 결심을 하게 되었습니다. 자신도 언젠가는 돈을 벌어 정말 당당하게 살겠다고 말입니다. 그리고 세상에서 가장 맛있는 빵을 잔뜩 사서 청년을 찾아가리라 마음먹었습니다.

그 후로 그는 정말 달라졌습니다. 낮에는 공사현장에서 일을 하고 밤에는 건물의 청소를 하며 돈을 모으기 시작했습니다.

3년이 지난 어느 날, 그는 작은 월세방까지 마련할 수 있었습니다. 그는 자신에게 했던 약속대로 빵을 한아름 안고는 청년의 집으로 찾아갔습니다. 자신을 기억조차 못할지도 모르지만 그는 부모 덕에 잘 사는 청년 앞에 당당하게 서고 싶었습니다.

그런데 주소는 정확한데 청년의 집 대문에는 이상한 문패가 걸려있었습니다.

"작은 천사의 집?"

대문을 두드렸지만 아무 소리가 없었습니다. 그는 열려진 대문을 통해 안으로 들어갔습니다. 순간 그는 깜짝 놀라고 말았습니다. 안에는 열 명이 넘는 아이들이 있었는데 모두 장애가 있는 모습이었습니다. 그때 마당 끝에 있는 문 하나가 열리면서 그 청년의 모습이 보였습니다.

"하하하, 정말 찾아오셨군요. 잘 오셨어요. 제가 지금 아이들 목욕을 시키는 중이라서……"

그는 장애가 있는 아이들을 돌보며 결혼도 하지 않고 도와주는 사람 하나 없는 이 세상에서 혼자 등불을 밝히며 살고 있었습니다. 그의 대문에 걸려있는 것처럼 작은 천사들과 함께 사는……

그 역시 천사였던 것입니다.

현실을 부정하지 않고 **최선**을 다할 때
비로소 **더 큰 세상**이 열리는 법입니다.

오늘 주어진 삶

태어날 때부터 매우 허약한 체질인 사람이 있었습니다.

조금만 걸어도 넘어지고 약간의 힘을 써도 관절이 어긋나기 일쑤였습니

다. 그는 차츰 몸에 무리가 가는 일은 피하며 살게 되었습니다. 어른이 되

어서도 그는 방 안에만 틀어박혀 세상과 담을 쌓고 지낼 수밖에 없었습니다.

그러던 그에게 변화가 찾아왔습니다.

"이렇게 집 안에만 갇혀 평생을 사느니 마음껏 세상을 여행하며 일 년을 사는 게 나을 거야!"

그는 일생의 중대한 결심을 하고는 체력을 키우는 일에 매달렸습니다. 우선 거실을 걷는 것부터 시작해 하루하루 그 양을 늘려나갔습니다. 그렇게 삼십 분 이상 걸을 수 있게 되자 그는 좀 더 강도를 높여 자전거타기에 도전했습니다. 자전거로 가까운 곳 정도는 무난하게 갔다 올 수 있게 되자 자신감이 더 생겼습니다.

체력을 연마해가던 어느 날, 자전거경주대회가 열린다는 소식을 접했습니다. 그렇지만 며칠 동안 달려야 하는 결코 쉽지만은 않은 경기였습니다. 그는 망설였지만 큰마음을 먹고 참가를 결심했습니다. 세계를 여행하기 위해서는 어차피 그 정도의 고통은 감수해야만 했기 때문이었습니다.

그런데 막상 경기가 시작되자 그는 생각보다 고통스럽다는 것에 힘들어했습니다. 몇 번이고 포기하고 싶은 마음이 생겼지만 이를 악물고 버텨냈습니다.

이틀째 되던 날, 그는 가파른 언덕을 힘겹게 오르고 있었습니다. 그는 속으로 언덕만 넘으면 포기하리라 생각했습니다. 지금까지 견뎌온 것만으로도 만족하다고 스스로를 위로했습니다. 다리에 쥐가 날 정도로 그는 있는 힘을 다해 페달을 밟았습니다.

언덕을 겨우 오를 무렵 뒤에서 누군가 그를 추월했습니다. 기분이 조금 상한 그가 돌아보니 긴 생머리를 한 젊은여자였는데 한눈에도 아름답게 보였습니다. 그런데 어딘가 모르게 어색하다는 느낌을 지울 수가 없었습니다. 그녀를 자세히 뜯어보던 그는 그만 놀라고 말았습니다. 그녀는 다리 하나가 없는 장애인이었습니다. 다리 하나만으로 언덕을 넘어왔고 그와 마찬가지로 이틀째 경기를 하고 있는 중이었습니다.

그와 눈이 마주친 그녀는 미소를 띠며 눈인사를 보내왔습니다. 그는 자연스럽게 그녀와 나란히 달리기 시작했습니다. 그녀가 말을 건네 왔습니다.

"괜히 저 때문에 속도를 못 내는 거 아닌가요? 제 걱정 마시고 먼저 가세요."

하지만 그는 혼자 앞서 나갈 수가 없었습니다. 차라리 그녀와 나란히 가는 것이 편하다는 생각이 들었습니다. 사실 그는 그녀와 같아지고 싶었습니다. 장애를 안고 있으면서도 쉽게 포기하지 않는 그녀가 부러울 지경이었습니다.

한발로 이 세상을 살면서도 아름다운 모습을 간직한 그녀에게서 그는 많은 것을 배웠습니다. 두 발 모두 달린 자신이 이제는 못할 것이 없다는 더 큰 자신감도 얻었습니다. 차라리 세상을 구경하다 죽겠다는 자신의 생각이 얼마나 어리석었는지도 깨달았습니다. 그에게 보다 중요한 것은 열심히 현재를 사는 일이었습니다.

사랑한다는 말을 아끼며 사는 사람이

아버지입니다.

하지만 보이지 않는 곳에서

우리를 지켜주는 사람이 그분이십니다.

국화꽃 베개

아버지가 위독하다는 소식을 들은 그녀는 서둘러 고향집으로 차를 몰았습니다.

세 시간을 달려 급히 도착했지만 아버지는 이미 병원으로 옮겨진 뒤였습니다. 아이 키운다고 그동안 자주 찾아보지 못했던 자신이 순간 후회가 되었습니다. 행여 아버지가 세상을 떠나기라도 한다면 어쩌나 하는 다급함에 그녀는 병원으로 달려갔습니다.

"아버지……"

아버지는 조용히 눈을 감은 채 산소호흡기에 의지해 있었습니다. 평소 심장에 이상이 있었던 아버지였습니다. 그런데 그동안 일손을 놓지 않고 과로를 한 것이 원인이었습니다. 순간 그녀는 눈앞이 아찔했습니다.

'아, 아버지는 무남독녀인 나를 위해 여전히 국화꽃 농사를 지으시더니……'

다행히 위험한 고비는 넘긴 상태라 그나마 안심할 수 있었습니다. 그녀는 아버지의 옷가지라도 챙겨오기 위해 집으로 향했습니다.

꽁꽁 얼어붙은 시골길을 걸어 집에 도착했습니다. 마당에 들어서자 늦가을이면 환한 얼굴로 매달려 반겨주던 국화가 추하게 말라가고 있었습니다. 불현 아버지의 주름진 얼굴이 떠올라 가슴이 뭉클해졌습니다.

어릴 적 몸이 유난히 약했던 그녀를 위해 아버지는 국화꽃 베개를 만들어주곤 했었습니다. 국화 꽃잎을 하나하나 따서 정성껏 말려 베갯속으로 넣어주던 아버지였습니다.

"니는 일찍 엄마를 잃어 엄마 냄새를 모를 것이여. 그러께 니는 이 베개를 껴안고 자면서 국화꽃을 엄마냄새로 여기면 되여. 근디 이 냄새가 아무리 좋아도 니 엄마의 미모는 따르지 못할 것이구먼. 허허헛……"

겨울바람이 매서워질 때면 아버지는 어김없이 국화꽃 베개를 건네주며 그렇게 웃고는 했습니다. 아버지에게 국화는 젊을 때 잃은 아내와 마찬가지였습니다. 그래서 아버지는 더욱 지극정성으로 국화를 키워왔던 것입니다.

12월인데도 아직 국화꽃이 달려있는 것을 보니 아버지의 몸이 오래 전부터 편치 않았던 모양입니다.

얼마 전 안부전화를 했을 때 아버지의 말이 떠올랐습니다.

'애비 걱정은 말고 아범하고 애나 신경써서 잘 챙겨.'

그리고 국화꽃 베개도 곧 보낸다는 말로 딸을 오히려 안심시켰던 아버지였습니다.

'올해는 아버지를 위해 내가 국화꽃 베개를 만들어야지!'

그녀는 국화 꽃잎을 하나하나 떼어 담기 시작했습니다. 그럴 때마다 떠오르는 아버지의 모습과 어머니의 미소에 취해갔습니다.

그녀는 베갯잇이 될 만한 것을 찾기 위해 방으로 들어갔습니다. 아버지를 닮은 낡고 오래된 장롱을 여는 순간 그녀의 코끝을 아리게 하는 냄새가 났습니다. 장롱 안에는 곧 보내준다고 하던 세 개의 국화꽃 베개가 나란히 놓여져 있었습니다.

누구나 다 **친구**를 갖는 것은 아닙니다.

그러나 만약 그 친구를 잃는다면

숫자밖에 모르는

**어른들과 같은 사람**이 될지도 모릅니다.

## 친구

　　　　　가난해도 자존심만은 버릴 수 없었던 그는 동창회 참석을

놓고 고민에 빠졌습니다.

대학을 졸업하고 처음에 몇 번 참석은 했지만 뼈아픈 기억 때문에 그후

로는 아예 외면하고 살아왔었습니다. 취직도 못하고 물려받은 재산도 없었던 그는 형편상 늘 트레이닝복을 입고 다녔었습니다. 동창들 앞이라 별 생각없이 트레이닝복을 입고 나갔던 그는 술에 취한 한 친구의 말에 상처를 받았던 것입니다.

"사는 것이 곧 운동이다? 야, 너 철학적이어서 좋다!"

오히려 친구는 그의 입장을 헤아려 농담처럼 말한 것이었습니다. 하지만 그의 입장은 달랐습니다. 가뜩이나 자격지심에 허우적대던 그는 자신을 비웃는 것으로 생각하고는 자리를 박차고 일어설 수밖에 없었습니다.

그리곤 몇 년 동안 동창회에 모습을 보이지 않았습니다. 그런데 친구들은 다시 동창회에 나와 달라며 이번에는 사정을 하였습니다.

"아직도 화가 안 풀렸냐? 별 뜻 없었고 농담이라는 거 너도 잘 알잖아. 그러지 말고 이번 일요일에 꼭 참석해라. 그냥 편하게 한강둔치에 바람 쐬러간다는 기분으로 부담없이 오라고. 회비 같은 거 신경쓰지 말고. 알겠지?"

그는 망설일 수밖에 없었습니다. 사실 그동안 친구들이 그리워 몇 번이나 나갈까 고민했던 그였습니다. 하지만 자존심이 허락하지를 않았습니다. 사실 그는 회비는커녕 그곳까지 갈 차비조차 없는 형편이었습니다.

하지만 그는 결국 참석하기로 결심했습니다. 자존심 강한 그는 속이 좁은 친구라는 말까지 듣고 싶지 않았습니다. 그나마 남아있던 비상금으로 비싸지는 않지만 양복과 구두를 샀습니다. 다시는 트레이닝복 때문에 친구들에게 비웃음을 사기는 싫었습니다.

약속 장소인 식당 앞에 도착한 그는 넥타이를 고쳐매고 구두의 먼지도 몇 번이고 닦았습니다. 비록 값싼 양복과 구두지만 그는 주눅들고 싶지 않았습니다.

그런데 식당 안으로 들어간 그는 눈을 의심하고 말았습니다. 기다리고 있던 스무 명이 넘는 동창들이 한결같이 트레이닝복 차림이었습니다. 그때서야 그는 친구들의 마음을 헤아릴 수가 있었습니다. 왜 가벼운 마음으로 나오라고 했는지 그리고 일요일에 동창회를 갖겠다고 했는지도 이해가 됐습니다.

친구들은 그를 위해서 트레이닝복을 입기로 약속을 했고 행여 마음 상할까봐 일요일을 택한 것입니다. 평일이면 어쩔 수 없이 친구들이 정장차림을 할 수밖에 없었을 테니까요. 그는 그때서야 자신이 들어온 곳이 그저 평범한 식당이라는 것도 알아차릴 수 있었습니다.

자존심 강한 그는 친구들의 배려에 오히려 고개를 들 수가 없었습니다. 자존심보다 소중한 것이 친구들의 마음이라는 것을 깨달았기 때문입니다.

친구의 마음을 헤아린다는 것은 괴로움과 슬픔까지도 함께 나누는 것입니다.

진정한 친구를 얻기 위해서는 먼저 친구가 되라는 말이 있습니다. 젊을 때가 바로 평생을 함께 할 우정을 만들기 시작할 때라고 합니다.

행복은 찾아와주는 것이 아닙니다.

우리가 **불행이라는**

수많은 징검다리를 밟고 가야하는 그 끝에 있는 것입니다.

## 소박한 기도

하루 세 끼 조차 해결하기 버거울 정도로 가난한 부부가

있었습니다.

그들은 다 쓰러져가는 집에서 무려 다섯이나 되는 자식들을 보듬은 채

매일 끼니 걱정을 하며 힘겹게 살았습니다. 하지만 그들은 가난이 삶의 전부라고 생각하지 않고 성실하게 하루하루를 이어갔습니다.

공사현장에서 품을 파는 남편은 그나마 일이 없는 날이 많아 가족들 볼 면목이 없었습니다. 그런 날은 강가로 나가 저녁 밥상에 올릴 물고기를 잡는 것으로 가장의 역할을 대신했습니다. 그런데 이상한 것은 아무리 노력을 해도 물고기를 한 번에 일곱 마리 이상 잡을 수가 없었습니다. 결국 물고기는 한 사람 앞에 한 마리씩밖에는 돌아가지 않았던 것입니다. 그것마저 큰 물고기가 아니어서 남편은 늘 마음이 무거웠습니다. 한창 자라나는 아이들에게 작은 물고기 한 마리는 배를 채우기에 턱없이 부족했습니다.

다행인 것은 아이들은 주린 배를 움켜쥐고도 집안 사정을 헤아리는지 보채거나 울지 않았습니다. 하지만 앙상한 뼈를 드러낸 아이들을 볼 때마다 부부의 마음은 찢어질 듯 아팠습니다. 남편은 잠자리에 들 때면 속으로 기도를 했습니다.

'작은 물고기 한 마리로는 너무 부족합니다. 내일은 제발 더 많은 물고기를 잡을 수 있도록 도와주십시오.'

그러던 어느 날, 그는 평소처럼 강으로 나가 물고기를 잡았습니다. 하지만 물고기는 여전히 일곱 마리 밖에는 그의 손에 쥐어지지 않았습니다.

잡은 물고기를 갖고 집으로 가는데 아내가 헐레벌떡 뛰어오는 것이 보였습니다. 아이 가운데 막내가 그만 독초를 잘못 먹고 죽었다는 날벼락 같은 소식이었습니다. 얼마나 배가 고팠으면 그랬을까 하는 생각에 남편은 목이 멨습니다.

그와 아내는 깊은 상심에 빠지고 말았습니다. 아이가 죽은 것이 자신들 탓이라 여겨지니 차마 고개를 들어 하늘을 볼 수조차 없었습니다. 하지만 그 와중에도 이제부터는 물고기 한 마리를 더 먹을 수 있다는 생각이 불쑥 파고들었습니다.

슬픔과 죄책감으로 밤을 꼬박 새운 남편은 아침 일찍 강으로 나갔습니다. 그래도 가족 중 누군가는 물고기 한 마리를 더 먹을 수 있다는 생각에 위로를 삼았습니다. 그런데 어찌된 일인지 물고기가 여섯 마리밖에 잡히질 않았습니다. 그는 너무 절망한 나머지 주저앉아 신음을 토했습니다.

"아아, 일곱 마리를 잡았을 때는 비록 가난했지만 모든 가족이 모여 정을 나눌 수 있었는데…… 그런데 아이를 잃고난 지금은 여섯 마리라니. 도대체 내가 얻은 것은 무엇이란 말인가!"


행복한 날에는 즐기고 재앙이 있는 날에는 생각하라는 말이 있습니다. 신은 이 두 가지를 함께 내려 보냈기 때문입니다. 두 가지 모두가 바로 우리가 짊어져야 할 것들입니다. 그것을 수용할 수 있는 사람만이 진정한 용기를 지닌 자일 것입니다. 용기있는 사람에게 행복과 불행은 오른손과 왼손 같은 것이라고 합니다. 그런 사람은 그 양쪽을 모두 사용하기에 쉽게 좌절하거나 자만하지 않을 것입니다.

선행은 어떠한 보상도 바라지 않습니다.
단지 가슴에 행복을 향해
날 수 있는 날개를 키우는 일입니다.

도시의 천사

한 공원 화장실에 들어갔을 때 그는 그의 눈을 의심하였

습니다. 한 남자가 깔끔한 옷차림과는 전혀 어울리지 않는 일을 하고 있

었기 때문입니다. 그는 휘파람까지 불며 신이 나서 청소를 하고 있었습

니다. 그는 축축하고 역겨운 냄새가 나는 꽁초를 줍기 위해 작은 집게로 소변기를 뒤적거렸습니다.

"힘든 일을 하시네요?"

그렇게 묻자 그는 빙긋 미소를 보이며 말했습니다.

"예 그렇죠. 하지만 누군가는 해야 되는 일이죠. 사람들이 화장실에 들어와서 더러운 것을 보면 무슨 생각을 하겠습니까. 청소도 할 줄 모르는 더러운 사람들이라고 욕까지 할지 모르죠. 그래서 깨끗하게 치우고 있는 중입니다."

"사람들이 자주 꽁초를 변기에 버리나요?"

"아침마다 소변기 하나에서도 여러 개를 줍는답니다."

"근데 왜 사람들이 거기에다 꽁초를 버리는지……."

"게을러서 그렇죠. 게을러서. 아니면 주변이 어떻게 되든 아예 신경쓰지 않는 사람들이거나."

남자는 낮은 어조였지만 단호하게 말했습니다.

"여기서 오랫동안 일을 하셨나요?"

사내는 연신 싱글벙글하면서 대답했습니다.

"사실 전 여기서 일하는 사람이 아닙니다. 길 건너에 제 사무실이 있죠. 하지만 매일같이 이 일을 한답니다."

"그런데 왜 이곳까지 와서 화장실 청소를 하는 거죠?"

"제가 나가고 난 다음 이곳으로 볼일을 보러 들어오는 사람들 때문이죠. 전 그 사람들이 이곳은 깨끗한 화장실이며 누군가가 말끔하게 청소했다는 것을 알아주길 바래요."

"하지만 그들 역시 담배꽁초를 변기에 버릴텐데요."

"상관없어요. 중요한 것은 이 화장실이 한두 시간쯤은 깨끗한 얼굴을 할 수 있다는 사실이죠. 만약에 제 뒤에 오는 사람이 이 화장실이 깨끗하다는 것을 알아준다면 그 사람은 좀더 깨끗하게 쓰고 나가겠죠."

밖으로 나왔을 때였습니다. 넥타이를 맨 그 남자가 여전히 휘파람을 불며 길 건너 자신의 사무실로 들어가는 것이 보였습니다. 걸을 때마다 앞뒤로 흔들리는 그의 양팔이 마치 날개처럼 보였습니다. 그는 쉽게 눈에 띄지 않지만 분명 존재하며, 늘 찬란한 빛을 뿌리고 다니는 이 도시의 천사였던 것입니다.

나누는 삶이
보다 성숙된 인격체가
발휘할 수 있는 행동입니다.

함께 사는 세상

항해중인 배가 태풍을 만났습니다. 거센 파도가 쉴새없이 몰아쳐 기관실도 잠기고 통신장비마저 불통이었습니다. 배는 바다 위를 정처없이 표류하는 신세가 되고 말았습니다. 배 안에 있던 사람들은 모두 절망에 빠졌습니다. 음식도 물도 차츰 줄어가는데 구조선은 나타날 기미조차 보이지 않았습니다. 그들의 절망은 이미 죽음의 문턱까지 이른 상태였습니다.

다시 며칠이 지났을 때였습니다. 태풍으로 인해 심각한 부상을 당한 사람이 그만 죽고 말았습니다. 남은 사람들은 겉으로는 슬픈 척했지만 속마음은 그게 아니었습니다. 입이 하나 줄었다는 마음에 내심 안도하는 눈치였습니다. 사람들의 유일한 관심사는 이제 누가 주먹밥 한 조각과 물 한 모금을 더 차지하느냐는 것이었습니다.

승객들 가운데는 유일하게 임산부가 있었는데 그녀가 아기를 낳게 되었습니다. 우렁찬 아기의 울음소리가 들리자 사람들에게 놀라운 변화가 생기기 시작했습니다.

"우리는 죽더라도 저 아기만은 살려야 해."

"그래, 저 갓난아기는 이제 막 세상과 만난 거야. 꼭 살려서 육지의 꽃과 평화를 맛보게 하자!"

정말 놀라운 변화였습니다. 조금 전까지만 해도 옆사람이 죽어 그 몫의 밥과 물을 차지하고 싶어했던 사람이었는데 말입니다.

어떤 사람은 자기 혼자만 쓰기 위해 숨겨놓았던 낚시바늘을 내놓았습니다. 낚시줄과 미끼를 꺼내놓는 사람도 있었고 아껴두었던 주먹밥을 내미는 사람도 있었습니다. 그러자 모든 사람들이 동참하여 산모를 돕기 시작했습니다. 서로 자기 몫에서 조금씩 덜은 주먹밥을 산모에게 먹이고 물도 나눠주었습니다. 또한 낚시를 해서 잡은 물고기를 끓여 산모에게 먹이는 둥 산모를 돌보는 일에 정성을 다했습니다. 차츰 그들은 산모뿐만 아니라 옆사람에게도 애정을 나누고 베푸는 모습을 보이기도 했습니다.

며칠이 지난 어느 날, 불행히도 또 한 사람이 그만 눈을 감고 말았습니다. 그는 죽기 전에 유언처럼 한마디를 남겼습니다.

"부디 내 죽음이 저 아기를 위한 죽음이 되게 해주세요."

사람들의 얼굴에는 이제 탐욕도 이기심도 사라져 모두가 평화스러운 모습이었습니다. 옆사람이 죽기만을 기다렸던 악한 모습은 찾아볼 수가 없었습니다. 선한 사람들에게 신은 결코 구원의 손을 아끼지 않기 때문이었을까요? 그 다음날 그들은 모두 무사히 구조될 수 있었습니다.

만약에 사람들이 처음처럼 자기만 살겠다고 발버둥을 쳤다면 어떻게 되었겠습니까? 옆사람보다는 조금 더 오래 살 수 있었을지도 모릅니다. 하지만 그 사람 역시 가슴에 커다란 죄악을 품은 채 결국 세상을 하직했을 수도 있었을 것입니다.

많은 사람에게 이름을 알리기보다는
한 사람에게 **소중한 존재**가 되는 것이 더 눈부십니다.

## 나무의 희망

어느 옛날 울창한 숲 속에 나무 한 그루가 살고 있었습니다. 나무의 꿈은 아름드리 거목으로 자라는 것이었습니다. 대궐같은 집의 기둥이 되거나 드넓은 바다를 항해하는 큰 배의 갑판이 되고 싶어했습니다. 하지만 나무는 작고 볼품이 없었습니다. 다른 아름드리 나무들이 허황된 꿈만 꾼다며 비웃기 시작했습니다.

그러던 어느 날, 나라에서 명성이 높은 목수 하나가 숲으로 찾아왔습니다. 목수는 깐깐한 눈으로 숲을 둘러보며 재목감을 고르기 시작했습니다. 모든 나무들이 목수의 눈에 띄고 싶어 가지를 흔들고 잎을 팔랑대며 부산을 떨었습니다. 목수는 이리저리 살피더니 한 나무 앞에서 걸음을 멈췄습니다.

"음, 이 나무가 좋겠는데!"

목수가 선택한 것은 미끈하게 잘 빠진 나무들 사이에 서 있던 그 볼품없는 나무였습니다. 나무는 너무 감격해 어쩔 줄 몰라했습니다. 유명한 목수의 눈에 들었으니 대궐의 대들보가 되거나 적어도 문짝이라도 될 거라는 생각에 가슴이 부풀었습니다. 그래서 나무는 밑둥이 잘려나가는 아픔도 참아냈습니다.

나무는 목재들이 가득한 공방으로 옮겨졌습니다. 목수는 노련한 솜씨로 나무를 다듬기 시작했습니다. 나무는 들뜬 기대감에 행복해했습니다. 다른 나무들의 부러움 속에서 검고 울퉁불퉁한 껍질이 한 겹 벗겨지고 하얀 속살이 드러났습니다.

그런데 잠시후 다른 나무들이 수군대는 소리가 들렸습니다.

"어깨에 힘주고 우쭐대더니 저 꼴 좀 보라고."

"히히, 겨우 지팡이라니 한심해."

나무는 눈앞이 캄캄했습니다. 기대했던 꿈과는 전혀 다른 자신의 모습에 절망 속으로 빠져들었습니다. 충격이 채 가시기도 전에 목수는 나무, 아니 지팡이를 들고 길을 나섰습니다.

목수가 도착한 곳은 깊은 산 속 다 쓰러져가는 한 오두막이었습니다. 오두막 안에서 나온 사람은 한쪽 다리가 불편한 백발의 노인이었습니다.

"아이고, 이렇게 고마울 수가, 세상에 이 은혜를 뭘로 다 갚을지 원……"

지팡이를 받아든 노인은 눈물까지 글썽이며 연신 고맙다는 말을 했습니다.

"은혜라니요. 오히려 제가 더 고마운 걸요. 이 지팡이는 제가 평생 만든 어떤 물건보다 값진 것이지요. 만드는 동안 아주 행복했거든요."

"젊은 양반이 속도 깊지. 내 아주 소중하게 쓰리다."

나무는 그때서야 생각했습니다. 궁궐의 대들보다 큰 배의 갑판보다 노인의 지팡이가 된 자신이 얼마나 다행인지 모른다고 말입니다.

마음의 논밭만 개간된다면
세상의 황무지를 개간하는 것은
결코 어려운 일이 아닙니다.

행복의 씨앗

어느 동네에 인정머리 없기로 소문난 부자가 하나 살고 있었습니다.

그의 호화스러운 저택 앞에는 작은 공터가 있었습니다. 그런데 언제부터 인가 동네 사람들이 그곳에 쓰레기를 내다버리기 시작했습니다. 쓰레기장이 되어버린 공터에서는 악취가 심하게 풍기고 파리떼가 꼬여들었습니다. 보다못한 부자는 돈을 들여 쓰레기를 모두 치우고 쓰레기를 버리지 말라는 팻말까지 붙였지만 소용이 없었습니다.

그러던 어느 날, 시골에서 늙은 아버지가 아들인 부자의 집에 찾아왔습니다.

"아버지, 해도 너무 하지 않아요? 이것 보세요, 동네 사람들이 집앞을 아예 쓰레기장으로 만들었지 뭐예요."

아들의 말에 아버지는 말없이 공터를 둘러보았습니다. 그러더니 대뜸 그곳으로 걸어가 팻말부터 뽑아버렸습니다. 아버지가 팻말과 함께 쓰레기를 태워버리자 아들이 깜짝 놀라 달려왔습니다.

"아니 아버지! 지금 뭘 하시는 거예요?"

그러나 아버지는 대꾸도 하지 않은 채 괭이와 삽으로 공터를 일구기 시작했습니다. 그러더니 그곳에 씨앗을 심었습니다.

며칠 후 비가 내리고 다시 며칠이 지났습니다. 그러자 공터에서는 새싹이 돋아났고 이내 먹음직한 상추가 열리게 되었습니다. 아버지가 그곳에 새로운 팻말을 세웠습니다.

"필요한 사람은 조금씩 뜯어가도 좋습니다."

그 일이 있은 후부터 동네 사람들은 그곳에 쓰레기를 버리지 않았습니다. 오히려 저녁 무렵이 되면 상추를 얻기 위해 호기심 가득한 바구니만 한 얼굴로 찾아왔습니다.

그 모습을 지켜보던 아버지가 아들에게 말했습니다.

"철이 지나면 철따라 꽃을 심어보렴."

그때서야 어렴풋이 아버지의 뜻을 헤아린 부자는 시키는대로 했습니다. 공터는 상추밭에서 다시 온갖 꽃들이 만발한 꽃밭으로 바뀌었습니다. 공터는 파란 잔디와 채송화, 봉숭아, 백일홍 등으로 물들어갔습니다. 동네 사람들은 어느 때보다 행복한 미소로 꽃밭을 거닐며 즐거워했습니다. 단 한번도 눈길조차 주지 않던 그들은 부자에게 감사의 눈인사를 보내왔습니다.

수만 가지 생각보다
**한걸음의 실천**이 우리를 깨어나게 합니다.
미루고 있는 일이 있다면 당장 **실천**해보세요.

# 바로 지금

강의를 하던 영문과 교수는 보고 있던 원서를 덮더니 칠판에 무언가를 적기 시작했습니다.

'당신이 만약 3일 후에 죽는다면?'

학생들은 난데없는 교수의 질문에 황당하면서도 흥미를 느꼈습니다.

"각자 세 가지만 말해보세요."

교수의 말에 평소 떠벌이기 좋아하던 한 학생이 손을 들었습니다.

"일단 시골에 계신 부모님께 전화를 드리고 나서 애인이랑 여행을 떠나겠습니다. 참, 그리고 얼마 전 싸워서 만나지 못하고 있는 친구에게 문자를 날리고…… 그럼 사흘이 후딱 가지 않겠어요?"

학생들은 제각기 하고 싶은 일들을 말하기 시작했습니다. 그런데 대부분 엇비슷한 내용들이었습니다. 부모님을 모시고 여행가서 근사한 식당에서 마지막 식사를 즐긴다. 아니면 사랑하는 사람하고 당장 결혼식을 올리고 신혼여행을 간다. 반대로 사귀던 여자친구들을 정리해 마지막이나마 순결한 영혼이 되겠다. 두 달 남은 휴대폰 할부금을 미리 갚고 양심껏 떠나겠다. 그동안 방안에 앉아 삶을 정리하고 마지막 일기를 쓰겠다……

그나마 부모님에 대한 애정이 빠지지 않아 다행이었습니다.

학생들의 여러 생각을 듣고있던 교수가 입을 굳게 다물었습니다. 그리고 몸을 돌려 칠판에 다시 무언가를 쓰기 시작했습니다.

"DO IT NOW!(지금 시작하라!)"

강의실은 별안간 찬물을 끼얹은 듯 조용해졌습니다. 학생들은 교수의 설명을 기다리듯 모두 고개를 빼고는 앞쪽을 바라보았습니다. 하지만 교수는 그 말만을 남겨놓고는 이미 강의실 밖으로 나가버린 뒤였습니다.

학생들은 깨달을 수 있었습니다. 죽음이 눈앞에 닥칠 때까지 미루지 말고 지금 당장 그 모든 일을 실천하며 살라는 뜻이었습니다.

행복한 씨앗

남을 위해 양보하는 미덕은 내가 가야할 길을 밝히는 등불입니다

# 둘

어머니의 사랑은 시작과 끝도 그리고
그 거리와 폭도 잴 수 없는 것입니다.

어머니와 도시락

결혼을 하고 아이까지 낳고 살던 그녀는 어느 날 어머니를 찾아갔습니다.

사실 그녀는 어렸을 때 어머니에게 심한 상처를 받았다고 여겨 한동안 등을 돌리고 살았었습니다. 자신이 여덟 살이고 여동생이 여섯 살 되던 해 어머니는 쌍둥이 남동생을 낳게 되었습니다. 그때부터 어머니는 큰딸인 자신에게 소홀히 했다고 그녀는 생각했던 것입니다.

어머니 앞에서 그녀는 가슴에 묻어두었던 그때의 일을 꺼내놓았습니다.

"제게 싸주셨던 도시락 생각나세요? 늘 제 친구들은 예쁜 도시락에 맛있고 정성이 가득한 반찬들이 담긴 도시락을 가져왔어요. 향기나는 화장지가 들어있거나 엄마가 쓴 편지가 끼워져 있을 때도 있었지요."

그 말에 어머니는 희미한 옛일을 떠올리는지 눈을 감았습니다. 그녀는 가난 때문에 늘 한귀퉁이가 깨져 김칫국물이 줄줄 흐르는 오래된 도시락을 갖고 다녀야했습니다. 친구들에게 놀림을 받을 때마다 그녀는 어머니를 졸라댔지만 그럴 때마다 어머니는 바쁘니까 나중에 꼭 사주겠다고만 했었습니다. 어머니는 교통사고로 세상을 떠난 아버지를 대신해서 쌍둥이를 업고 안은 채 노점상을 했었습니다.

하지만 그녀는 어머니를 이해하지 못했습니다. 언제부터인가 친구들과 둘러앉아 점심을 먹는 일마저 피하게 되었습니다. 그러던 어느 날, 도시락 한귀퉁이에 웬 종이 한 장이 접혀있어 반가운 마음에 다른 아이들처럼 어머니의 사랑이 담긴 편지라고 생각했습니다. 하지만 그것은 깨진 도시락을 임시방편으로 막고자 어머니가 붙여둔 종이였습니다. 그것이 그녀를 더욱 우울하게 했습니다. 창피하고 화가 나서 그날 어머니에게 신경질까지 부렸습니다. 그리고 그날 이후부터 그녀는 도시락을 아예 싸가지 않았습니다.

딸에게서 도시락 이야기를 들은 어머니는 고개만 끄덕였습니다. 어머니의 그런 모습에 미안한 생각이 들었는지 그녀가 조심스럽게 입을 열었습니다.

"지금 생각하니까 제가 잘못한 것 같아요. 이제는 어머니를 이해할 수 있어요. 어린 동생들을 업고 시장판에서 하루종일 시달리는 어머니가 그때는 야속했지만……"

딸이 돌아갔지만 어머니는 한동안 앉은 채 움직이지 않았습니다. 어머니는 딸의 말이 가슴에 박힌 못처럼 여겨져 눈시울이 뜨거워졌습니다. 딸의 말처럼 어머니는 오로지 먹고 살기 위해서 한평생을 바친 여자였습니다. 비록 자식들을 위한 일이었지만 다른 어머니처럼 잘 챙겨주지 못한 것이 한이었습니다.

어머니는 무슨 생각이 났는지 갑자기 일어나 창고로 갔습니다. 먼지가 가득한 물건들을 헤치고 무언가를 찾던 어머니의 입가에 미소가 걸렸습니다. 그것은 유행이 지나고 오래 되었지만 한번도 사용하지 않은 도시락이었습니다.

사실 그 무렵 어머니는 딸을 위해 새 도시락을 사두었습니다. 하지만 피곤한 몸을 이끌고 집에만 오면 거짓말처럼 잊어버리고는 했습니다. 다음 날에는 잊지 않기 위해 눈에 잘 띄는 곳에 놓아두기도 했지만 마찬가지였습니다. 두어 시간 잠을 자고 일어난 어머니는 잘 떠지지 않는 눈으로 어두운 부엌에서 도시락을 싸야만 했습니다. 그래서 어머니는 늘 새 도시락의 존재를 잊었던 것입니다.

그 일은 오랫동안 어머니의 한처럼 늘 가슴에 박혀 있었습니다. 그런데 딸의 말을 듣자 어머니는 자신과 같은 무게의 한을 딸 역시 품고 있었다는 생각이 들었습니다. 어머니는 도시락을 정성껏 닦고는 그 안에 사탕과 종이인형 그리고 오랫동안 아끼고 간직해왔던 손수건과 작은 빗을 넣었습니다. 도시락을 예쁜 보자기로 싸고 책과 함께 정성스럽게 쓴 편지도 끼워 넣었습니다.

"언제나처럼 사랑한단다. 내 아가야, 너만은 한번도 잊어본 적이 없단다. 엄마가……"

어머니는 서둘러 도시락을 들고 우체국으로 달려갔습니다. 소포 겉에 적힌 딸의 주소를 재확인하며 어머니가 우체국 직원에게 간절히 말했습니다.

"이 도시락이 너무 늦지 않게 받아볼 수 있도록 해주세요."

며칠후 딸에게서 전화가 걸려왔습니다. 그녀는 울고 있었는지 축축한 음성으로 말했습니다. 어머니의 사랑에 대해 의심하고 잠시나마 등을 돌렸던 자신이 원망스럽다며 그녀는 소리내어 울기 시작했습니다. 어머니가 달래듯이 말했습니다.

"얘야, 그 도시락 너무 늦은 건 아니냐?"

애정의 표현은 말로서만 하는 것이 아닙니다.

사랑의 언어

어느 시골마을에 한 소년이 할머니와 단둘이 살고 있었습니다. 부모를 모두 잃은 소년은 의지할 데라고는 병들고 늙은 할머니뿐이었습니다.

그런데 소년의 불행은 여기서 끝나지 않았습니다. 소년이 살고 있던 오두막집에 불이 나고 말았습니다. 잠에서 깬 할머니는 다락방에 자고 있던 손자를 구하려고 안간힘을 썼지만 가득 찬 연기와 불길 때문에 그만 목숨을 잃고 말았습니다.

불타는 오두막 주변으로 마을 사람들이 몰려왔습니다. 그들은 소년의 살려달라는 소리를 들었지만 발만 구를 뿐이었습니다. 워낙 불길이 거세고 바람까지 불어와 어느 누구도 손을 쓸 수가 없었습니다.

그때 한 낯선 사내가 사람들 사이를 비집고 나와 오두막 뒤쪽으로 달려갔습니다. 오두막 뒤쪽에는 쇠파이프가 다락방까지 비스듬히 걸쳐 연결되어 있었습니다. 이미 불에 타고 있어 손을 대기만 해도 화상을 입을 것은 뻔했습니다. 하지만 그는 아랑곳하지 않고 쇠파이프를 잡고 올라갔습니다. 그는 곧 소년을 구해서 안은 채 쇠파이프를 타고 다시 아래로 내려왔습니다. 조금만 늦었어도 소년은 할머니의 뒤를 따라 세상을 떠났을 것입니다.

며칠이 지나자 소년을 누가 돌볼 것인가를 놓고 회의가 벌어졌습니다. 소년은 매우 영특하고 궂은 일까지 척척해내는 누구나 탐을 낼 만한 그런 아이였습니다. 사람들은 누가 소년을 데려가 키울 수 있는지 각자 조건과 명분을 제시하기 시작했습니다.

"나는 큰 목장을 하고 있기 때문에 일손이 필요합니다. 저 아이가 우리집에 온다면 빨리 일도 배울 수 있어 제 앞가림을 하는 데 문제가 없을 것이오."

그러자 다른 사람이 손을 들더니 의견을 말했습니다.

"우리 부부야말로 아이를 아주 잘 키울 수 있는 사람들이에요. 나는 아시다시피 학교 선생입니다. 우리집에는 엄청난 책과 커다란 서재가 있어 아이가 좋은 교육을 받을 수 있다고 생각합니다."

뒤를 이어 마을 사람들은 각자 소년을 맡아서 키울 수 있다고 열변을 토했습니다. 마지막으로 마을에서 가장 부자인 한 사람이 조용히 입을 열었습니다.

"시간낭비들 하는 것 같아 내가 한마디 하리다. 나는 지나가는 강아지까지 고개를 숙이는 알아주는 부자요. 여러분들이 앞에서 말한 모든 것을 난 이 아이에게 당장 줄 수 있는 사람올시다. 게다가 난 용돈도 얼마든지 줄 수 있고 마음껏 여행도 시켜줄 수 있소. 그러니 내가 이 아이를 데려가겠소."

그의 말에 모두들 주눅이 들어 아무말도 못했습니다. 분위기를 봐서는 부자가 소년을 데려갈 수밖에 없는 입장이었습니다. 그때 누군가 사람들을 비집고 앞으로 걸어나왔습니다. 소년 앞으로 걸어간 그는 양 호주머니에 넣고 있던 두 손을 꺼내 아이를 안았습니다. 순간 여기저기서 탄성이 터져나왔습니다. 그의 두 손에는 심한 화상자국이 선명하게 나 있었습니다.

"아, 아저씨!"

그렇습니다. 그 사람은 바로 뜨거운 쇠파이프를 타고 올라가 소년을 구해준 주인공이었습니다. 소년은 기쁨을 감추지 못한 채 펄쩍펄쩍 뛰더니 그에게 와락 안겼습니다. 그리곤 떨어져서는 안 된다는 듯 세게 껴안았습니다.

그는 소년과 함께 있기 위해 단 한마디의 말도 할 필요가 없었습니다.

육신은 떠나도 세상에 남아 **빛**을 내는 **눈동자**,
그것은 바로 우리가 남겨놓은 **사랑**입니다.

## 남겨 둔 사랑

중학교에서 미술을 가르치던 여선생이 있었습니다.

그녀는 훌륭한 교사였는데 시간만 있으면 그림을 즐겨 그렸습니다. 그러나 스물여덟 살이 되었을 때 그만 악성 뇌종양에 걸리고 말았습니다. 수술을 해도 생존할 수 있는 확률이 20퍼센트도 되지 않았습니다. 결국 육개월 동안 그녀의 병세를 지켜보기로 결정했습니다.

그녀는 생을 마감할 때까지 온힘을 다해 그림을 그리고 시를 썼습니다. 그녀의 시 가운데 한 편을 제외한 모든 시가 출판되었고 또한 한 점을 제외한 모든 그림이 전시되었고 팔리게 되었습니다.

육 개월이 되던 어느 날, 그녀는 주변의 설득으로 수술을 받게 되었습니다. 수술받기 전 날 그녀는 자신이 만약에 죽는다면 장기기증을 하겠다는 내용의 유언장을 남겼습니다. 수술은 끝내 실패하여 그녀는 눈을 감았습니다. 그녀에게 신이 약속했던 시간이 다 되었던 것입니다.

그녀의 눈은 곧 다른 사람에게 빛을 주기 위해 급히 옮겨졌고, 서른 살의 청년이 기증받아 세상의 빛을 찾게 되었습니다. 그 청년은 자신에게 광명을 준 사람들에게 감사의 뜻을 전하고 싶었습니다. 그는 결국 어렵게 기증자의 부모를 수소문했고 그들을 만나기 위해 달려갔습니다. 아무런 연락도 없이 불쑥 찾아온 청년을 본 부모는 매우 당황했습니다. 청년이 찾아온 이유를 설명하자 어머니는 그를 따뜻하게 안아주었습니다.

"어서 와요. 괜찮다면 며칠 동안 우리와 함께 보낼 수 없을까요?"

그녀의 어머니가 청년을 유심히 바라보며 말했습니다.

"저, 잘 생각은 나지 않지만 젊은이를 어디선가 본 적이 있는 게 분명한데……"

어머니는 갑자기 무언가 생각난 듯 이층으로 급히 올라갔습니다. 그리곤 딸이 그린 그림을 꺼내 들었습니다.

그림 속의 남자는 청년과 정말로 똑같은 모습을 하고 있었습니다. 어머니는 그녀가 죽어가며 쓴 마지막 시를 읽기 시작했습니다.


> 두 마음이 어둠을 건너 깊이 사랑하게 되나
>
> 두 사람은 서로를 바라볼 수가 없네.
>
> 하지만 두 사람의 어긋난 시선은
>
> 많은 사람들에게 또 하나의 태양으로
>
> 오늘도 세상을 비추네.
>
> 아, 끝나지 않을 나의 사랑이여.
>
> 영원한 태양이여!


청년의 눈에서 뜨거운 눈물이 흐르기 시작했습니다. 청년의 눈은 세상 그 무엇보다 찬란한 빛을 내고 있었습니다. 그것은 쉽게 꺼지지 않을 영원한 빛과도 같았습니다.

아낌없이 퍼주기만 하는 것이 **어머니의 사랑**입니다.

더 줄 것이 없어서

**늘 미안해하는 것**이 어머니의 마음입니다.

끝없는 사랑, 어머니

교도소에서 죗값을 치르고 있는 아들을 면회 온 어머니는
아무 말도 할 수가 없었습니다.

창 너머로 고개 숙인 채 힘없이 앉아있는 아들을 보는 순간 아무런 말이

생각나지 않았기 때문입니다. 어머니는 잔뜩 움츠린 어깨의 작고 측은한 아들만 그저 바라볼 뿐입니다.

오랜 침묵이 흐른 뒤 어머니는 떨리는 목소리로 입을 열었습니다.

"춥지?"

아들은 그때서야 깊이 숙인 고개를 들었습니다. 아들은 그렁그렁 눈물이 고인 어머니의 뜨거운 눈시울을 바라보았습니다.

어머니는 결국 그 한마디만 하고는 면회시간을 다 보내버렸습니다. 어머니는 면회가 끝났다는 소리에 허둥지둥 가방에서 여러 권의 노트를 꺼냈습니다.

"아니 그건!"

그것은 아들이 초등학교 때 썼던 일기장이었습니다. 아들은 왜 어머니가 자신의 일기장을 가져왔는지 알 수 없었습니다.

한 달쯤 지났을 무렵 첫 재판이 있기 며칠 전 형이 면회를 왔습니다. 아직도 독기 품은 눈으로 세상을 보고 있는 듯한 동생을 본 형은 혀를 차며 말했습니다.

"어휴, 이놈아. 그래 아직도 정신을 못 차리고 그런 얼굴을 해? 지금 어머니께서 어떻게 지내시는지 알기나 하냐고?"

그 말을 듣는 순간 동생은 불길한 느낌이 들었는지 다그치듯 물었습니다.

"왜? 어머니한테 무슨 일이라도 생긴 거야?"

"어머니는 네 잘못이 당신이 자식을 잘못 키운 탓이라면서 죗값을 당신이 같이 지겠다고만 하셔. 며칠 전 내가 하도 불길한 생각이 들어서 어머니를 찾아갔었는데 집 안에 들어서는 순간 분위기가 이상했어. 집안이 싸늘하고 온기가 하나도 없는 게 알고 보니 어머니가 한겨울인데도 보일러를 켜지도 않은 채 냉방에서 지내고 계셨던 거야. 어머니는 이미 감기 몸살로 끙끙 앓고 계셨어. 병원에 들렀다가 우리 집으로 어머니를 모셨지만 거기서조차 당신 방에는 불을 넣지 말라고 엄명을 내리셨어."

형의 말을 듣던 동생은 뜨거운 눈물이 솟구쳐 그만 손으로 얼굴을 가렸습니다.

며칠 후 어머니에게서 편지가 왔습니다.

"그곳을 감옥이라고 생각하지 말고 네가 옛날에 다녔던 초등학교 교실이라고 생각하렴. 그럼 아마 마음이 편해질 게다."

아들은 그제야 어머니가 건네준 자신의 일기장을 펼쳐들었습니다. 그는 수십 권이 넘는 그 일기장을 쉬지 않고 읽기 시작했습니다. 야릇한 느낌이었습니다. 일기장에는 거의 대부분이 어머니에 대한 사랑이 담겨져 있었습니다. 어머니가 자신에게 보여주었던 끝없는 사랑에 대한 감사의 말들이었습니다. 그는 그 중에서 아직도 생생하게 기억나는 한 부분을 소리 내어 읽었습니다.

"친구들이 다 갖고 있는 보온도시락을 사달라고 했지만 엄마는 아무 말도 안 했다. 나는 그럼 도시락을 싸가지 않겠다고 화를 내고 말았다. 엄마는 며칠 후에 꼭 사줄 테니 조금만 참으라고 했지만 난 계속 화를 내며 도시락을 받지 않았다. 엄마를 속상하게 할 생각으로 장갑까지 끼지 않은 채 난 도망치듯 집을 나섰다. 엄마는 그날부터 매일 점심때만 되면 직접 따뜻한 도시락을 품에 안고 교실로 찾아왔다. 처음에는 부끄러운 생각이 들었지만 어쨌든 나는 따뜻한 도시락을 먹을 수 있어 좋았다. 엄마의 사랑이 담긴 이 세상 하나뿐인 보온도시락이었다. 엄마 고마워요. 그리고 사랑해요."

그 일기는 나중에 조금 고쳐서 전국백일장에 출품되었고 우수상까지 받은 적이 있었습니다.

그가 일기장을 읽는 것을 지나가던 교도관이 우연히 듣고는 한 가지 제안을 해왔습니다.

"마침 한글을 모르는 재소자들을 가르칠 교사를 구하는 중이었는데…… 같은 재소자이고 자네처럼 감동적인 글을 쓸 줄 아는 사람이라면 안성맞춤이겠어. 어때, 한번 해보지 않겠나?"

그는 선뜻 받아들일 수가 없었습니다. 낮에는 교도소 공장에서 일을 하

고 저녁에 시간을 따로 내야하는 일이었기 때문입니다. 하지만 그는 곧

결심을 하게 되었습니다. 지금껏 단 한번도 남을 위해 살아보지 못한 자

신의 과거를 씻고 싶었습니다.

그렇게 몇 개월이 지난 뒤 어머니가 면회를 왔습니다. 그동안 있었던 일

들을 편지를 통해 알고 있는 어머니는 아주 밝은 표정이었습니다.

"너의 그런 모습을 보니 기쁘고 이제는 죽어도 여한이 없구나. 정말 대견

하다. 내 아들아!"

이 세상 **아내라는 이름**의 모든 여자는 아름답습니다.

## 아내 그리고 엄마

실직한 그는 벌써 일 년 가까이 새벽 인력시장에 나가고 있었습니다. 그러나 그곳 역시 사정은 마찬가지였습니다. 전반적인 경기 침체로 인해 공사장 일도 생각처럼 많지가 않았습니다.

그는 변함없이 목을 잔뜩 움츠린 채 사람들 틈에 서서 장작불에 몸을 녹이고 있었습니다. 때 아닌 겨울비까지 추적추적 내리고 있어 그는 더욱 처량한 심정이었습니다. 마치 거리의 인형뽑기기계 속 인형과 같은 신세라는 생각마저 들어 자괴감은 더 컸습니다. 결국 오늘도 불러주는 사람이 없어 그는 무거운 발걸음을 돌려야만 했습니다.

아내는 몇 달 전부터 식당에 다니며 그를 대신해 생계를 꾸려가고 있는 형편입니다. 어린 아이들과 함께하는 저녁 밥상 때마다 그는 죄스럽고 부끄러워 밥알을 넘기지 못했습니다. 그런 자신이 싫어 언제부터인가 거울을 보지 않는 습관이 생기기도 했습니다.

그는 집으로 돌아갈 수가 없었습니다. 밀린 월세가 억센 손아귀로 발목을 잡아채는 것 같아 그는 하릴없이 시내를 돌아다녔습니다. 저녁 무렵 그는 용기를 내어 친구를 찾아갔습니다. 일자리를 부탁했고 밀린 월세 얘기를 어렵게 꺼냈습니다. 고맙게도 친구는 여기저기 알아보겠다며 위로를 해주었습니다. 그리고 하루종일 굶은 얼굴이라며 삼겹살에 소주를 사주었습니다.

그러나 집에서 기다리고 있을 아내와 아이들 생각에 그는 고기 한점 입에 넣을 수가 없었습니다. 쓰디쓴 소주에 놀란 속을 그는 오이 몇 조각으로 달래다 먼저 일어설 수밖에 없었습니다. 빈속에 마신 술이라 취기가 오른 그는 힘겹게 집으로 돌아왔습니다.

집 앞 골목으로 들어서니 귀여운 딸아이가 반갑게 달려와 안겼습니다.

"아빠, 엄마가 오늘 고기 사왔어. 아빠 오면 같이 먹는다고 아까부터 기다렸단 말야."

열 시가 넘은 시각에 아내는 그를 기다리며 늦은 저녁상을 차리고 있었습니다.

"사장님이 애들 갖다주라고 이렇게 고기를 싸주셨어요. 당신하고 같이 먹으려고 기다렸는데 어서 씻고 오세요."

모처럼 만에 먹는 고기라 아이들은 신바람이 나 정신이 없었습니다. 그 모습을 보는 그는 그만 울컥해서 고개를 돌리고 말았습니다.

"당신도 어서 드세요."

아내가 그런 그의 마음을 읽고는 고기 한점을 밥 위에 놓아줍니다.

"난 아까 친구 만나서 고기 먹었어. 당신하고 애들이나 많이 먹으라고. 나 기다린다고 꽤 배가 고팠을 텐데……"

그는 마당으로 나와 아무도 모르게 눈물을 훔쳤습니다.

'가엾은 내 아내……'

사실 아내가 가져온 고기는 식당 주인이 준 것이 아니라는 것을 그는 알고 있었지만 아무 말도 할 수가 없었습니다. 마음이 여려 몇 번이고 망설

**84**

였을 아내는 손님들이 남기고 간 쟁반의 고기를 비닐봉지에 서둘러 담았을 것입니다. 아픈 마음을 사랑이라는 포장지에 꼭꼭 감춘 채 행복하게만 웃고 있는 착한 아내의 마음을 행여 다칠까 염려가 되었습니다.

남을 위해 **양보하는 미덕**은

내가 가야할 길을 밝히는 **등불**입니다.

양보

깊은 산골을 여행하던 그는 외나무다리를 건너게 되었

습니다.

그는 몇 걸음 가지 않아 건너편에서 오는 임산부와 마주치게 되자 지체 없이 몸을 돌려 되돌아왔습니다. 임산부가 무사히 건너오자 그는 다시 다리를 건너기 시작했습니다. 그가 다리 중간쯤 왔을 때였습니다. 이번에는 땔감을 가득 지고 오는 노인과 만나게 되었습니다. 그는 두말없이 다시 되돌아와 노인이 건널 수 있도록 양보를 했습니다.

그런데 다시 다리를 건너려던 그는 잠시 망설였습니다. 다리 건너편을 보니 아직도 건너오려는 사람들이 많았기 때문입니다. 막 건너오는 사람을 잡고 물었더니 마침 장날이라는 것이었습니다. 그는 하는 수 없이 그들이 모두 건너기를 기다리기로 했습니다. 사람들이 모두 건너왔을 때 그는 잰걸음으로 다리를 건너기 시작했습니다.

다리의 끝이 보일 때쯤이었습니다. 수레를 끄는 사내가 막 다리를 건너려고 하는 게 보였습니다. 그는 이번만큼은 절대 양보하고 싶지 않았습니다. 그는 모자까지 벗어든 채 사내에게 공손히 말했습니다.

"잠깐 제 말을 좀 들어보세요. 전 이제 조금만 가면 다리를 건널 수 있답니다. 그러니 괜찮다면 그쪽에서 조금 양보를 해서 제가 먼저 지나가게 해주시지 않겠소?"

그러나 사내는 대뜸 볼멘소리로 퍼부었습니다.

"지금 무슨 소리요? 당신은 내가 지금 수레를 끌고 급히 장에 가는 게 보이지 않소?"

두 사람은 서로 양보를 하지 못한 채 말다툼을 벌였습니다. 그때 상류에서 작은 배 한 척이 유유히 떠내려 오고 있었습니다. 배에는 스님이 타고 있었습니다. 두 사람은 마치 약속이라도 한 것처럼 스님에게 자신들의 시시비비를 가려달라고 부탁했습니다.

스님이 합장을 하더니 먼저 사내를 향해 물었습니다.

"정말 그렇게 바쁘십니까?"

그러자 사내가 발끈해서 소리쳤습니다.

"암 바쁘고말고요. 만약에 늦는다면 오랜 만에 서는 장에 시간을 댈 수가 없다고요."

"음, 그렇게 바쁘게 장에 가신다면 왜 저 분에게 양보를 하지 않으셨습니까? 당신이 몇 걸음만 물러나시면 저 분은 금방 지나가실 수 있지 않나요? 저 분이 지나가면 당신도 얼마든지 쉽게 다리를 건널 수 있을 텐데요."

사내는 꿀 먹은 벙어리가 되었습니다. 스님은 인자한 미소를 머금더니 이번에는 그에게 질문을 했습니다.

"당신은 저 사람에게 길을 양보하지 않은 이유가 무엇인지요? 아마 조금만 가면 다리 끝에 도착하기 때문이었겠지요?"

그는 억울하다는 듯 말했습니다.

"저는 이미 많은 사람들에게 길을 양보했습니다. 그러나 만약 저 사람에게까지 양보를 한다면 아마 전 이 다리를 건너지 못할 것입니다."

"기왕 많은 사람들에게 양보를 하셨다면 저 사람에게도 넓은 아량을 보이시는 게 어떤지요?"

역경이 찾아와도 등을 돌려서는 안됩니다.

행복을 제외한 모든 것들은

그런 당신의 등만을 노릴테니까요.

고통과 평화

어느 깊은 산골에 평화를 나눠준다는 노인이 있다는 소
문이 들려왔습니다.

그 소식을 들은 기자는 취재를 하고 싶다는 생각이 들었습니다. 마침 며칠 전 고통을 안겨주기만 한다는 노인이 공교롭게도 그 산 근처 어딘가에 산다는 말을 들었기 때문이었습니다. 두 사람을 취재하면 그럴듯한 기사 하나가 나올 것만 같았습니다. '고난을 피해 평화를 얻는 길'이 바로 그것이었습니다.

기자는 망설임 없이 그곳으로 달려갔습니다. 어느 쪽이든 기사거리가 될 것이라고 생각했습니다. 마감이 코앞인데 마땅한 기사거리가 없어 전전긍긍하던 그에게는 지푸라기라도 잡는다는 심정이었습니다.

노인이 산다는 산 입구에서 기자는 지나는 사람에게 물었습니다.

"저 산에 평화를 나눠준다는 노인이 산다는데 정확히 어디쯤인가요?"

"이 산길로 한 십분만 걷다보면 너와집 한 채가 나올 게요. 바로 그곳에 살지요."

"그럼 고난을 준다는 노인의 집은 거기서 먼가요?"

"그 양반도 같은 집에 살고 있소."

기자는 허 하고 입을 벌렸습니다. 정반대의 일을 하는 두 사람이 한 집에 산다면 허구헌날 싸울 것이 분명했기 때문입니다.

산길을 따라 들어가니 정말 오래된 너와집 한 채가 있었습니다. 조심스럽게 마당으로 들어서니 백발의 흰수염 노인이 의자에 앉아있는 게 보였습니다. 노인은 커다란 항아리를 놓고 그 안에 무언가를 연신 던지고 있었습니다. 자세히 보니 공처럼 둥근 모양이었는데 크기가 다양했습니다.

기자가 공손한 태도로 다가가 말했습니다.

"할아버지 지금 뭐 하십니까?"

"몰라서 물어? 평화를 나눠주는 연습을 하잖아. 내가 이 공을 던져 맞추면 그때부터 그놈들이 평화를 얻는 거야."

기자는 불현 노인이 사기꾼이 아닐까 하는 의구심이 들었습니다. 기자는 노인 옆에 수북히 쌓여있는 공 하나를 집어들고는 유심히 살펴보았습니다. 그런데 공에는 고난, 역경, 두려움 등의 글자들이 적혀있었습니다. 다른 공들도 마찬가지였습니다.

"아니 할아버지, 이건 평화가 아니잖아요?"

기자의 말에 노인이 공을 빼앗더니 껍질을 벗기기 시작했습니다. 몇 겹의 껍질을 벗기고 또 벗기자 놀라운 일이 벌어졌습니다. 그 안에 황금색의 찬란한 빛을 발하는 공이 튀어나온 것입니다. 그 공에는 분명 '평화'라는 글자가 선명하게 새겨져 있었습니다.

"바로 이게 평화야. 이 공을 맞는 놈들은 우선 고난과 역경을 맛봐야 하는 거야. 그런 다음 그것에서 벗어나면 그때서야 눈부신 평화와 행복을 얻을 수 있는 거지."

기자는 돌아와 기사를 쓰기 시작했습니다. 우리에게 고난이 닥치고 역경이 드리워지는 것은 곧 평화를 얻기 위함이라는 주제였습니다. 두려워하지 말고 그것들을 이겨나갈 때 우리는 진정한 행복에 발목을 담글 수 있다는 내용으로 기사를 작성했습니다.

기자는 마감 전에 기사를 작성할 수 있었습니다. 그리고 다시 한번 노인의 가르침에 고개를 끄덕였습니다. 도망치고 싶을 만큼 피 말리는 마감에 쫓겨 허덕이던 자신이 결국에 얻은 것은 기쁨이자 평화였기 때문입니다.

향기 나는 사람이 아름답습니다.
그 향기는 진솔한 가슴에서 피워낸 것이어야 하겠지요.

사람의 향기

초등학교에 다니는 웅이는 반에서 가장 열등한 학생으로 따돌림까지 받는 아이였습니다.

구겨지고 때에 절은 옷과 늘 빗질을 하지 않은 듯한 머리. 그 누구도 가까이 다가서려고 하지 않았습니다. 늘 무표정한 얼굴로 허공만을 쳐다보는 것이 그의 유일한 낙이었습니다. 시간이 갈수록 웅이는 더욱 더 따돌림을 받고 혼자 외로움을 떠안은 채 지내야 했습니다.

담임선생님은 그에 대해 별 관심을 기울이지 않았습니다. 교사로서 모든 학생을 사랑한다고 말하면서도 그에게만은 예외를 두는 듯했습니다.

선생님이 그의 생활기록부를 자세히 살펴봤다면 문제는 달라졌을 것입니다. 왜 웅이가 그렇게 되었는지를 확실히 알 수 있었을 테니까요. 웅이는 3학년 때까지만 해도 학습 태도가 좋았고 가능성이 많은 아이였습니다. 그러다 4학년 때 어머니가 중병에 걸렸고 얼마후 그만 세상을 떠나고 말았습니다. 소년에게 닥친 불행은 그것만이 아니었습니다. 그 후 아버지는 그에게 관심을 두지 않았고 그의 학업성적은 차츰 떨어지기 시작했습니다.

웅이는 자기 반 모든 아이들에게 무시를 당하기에 이르렀습니다. 하지만 그는 형식적이나마 자신을 염려하는 선생님을 꽤나 좋아하고 따랐습니다. 스승의 날이 되어 모든 학생들이 선생님에게 줄 선물을 가져왔습니다. 그 중에는 웅이가 가져온 것도 있었습니다. 선생님은 대충대충 포장된 웅이의 선물을 풀어보았습니다. 포장 안에는 여기저기 알이 빠진 모조 다이어로 된 팔찌와 사용한 흔적이 있어 보이는 향수병이 들어있었습니다.

아이들이 그것을 보며 웃어댔지만 선생님은 향수를 한 방울 손등에 떨어뜨려 향기를 맡아보았습니다.

"정말 향기가 너무 좋은데! 웅이가 준 거라 역시 냄새가 특별한데. 너희들도 한번 맡아볼래?"

선생님의 반응에 아이들은 잠시 어리둥절했습니다. 그러나 곧 선생님의 의도를 이해한 아이들은 좋은 냄새가 난다며 깔깔거리며 웃어댔습니다. 그것은 웅이를 놀리는 일이었습니다. 웅이는 마치 죄라도 지은 사람처럼 고개를 숙인 채 말을 못했습니다.

수업이 끝나고 아이들이 모두 집으로 돌아갔습니다. 그런데 오직 한 사람 웅이만이 교실에 남아 우물쭈물 하고 있었습니다. 잠시 후 웅이는 막 교실을 나가려는 선생님에게로 조심스럽게 다가갔습니다. 그리곤 쉽게 열리지 않는 입술을 겨우 움직여 가슴속의 말을 꺼냈습니다.

"저, 선생님! 선생님에게서는 엄마 냄새가 나요. 엄마가 하셨던 팔찌도 잘 어울려요. 제 선물을 받아주셔서 정말 기뻐요!"

웅이는 엄마의 유품을 선물로 가져온 것이었습니다. 웅이의 두 눈동자 속에는 깊이를 알 수 없는 슬픔이 담겨 있었습니다. 그것을 발견한 선생님은 아무런 생각조차 들지 않았습니다. 웅이가 돌아간 뒤에도 선생님은 한대 얻어맞은 사람처럼 멍하니 그 자리에 서 있었습니다.

"내가 너무 어리석었어……"

선생님은 그동안 웅이에게 소홀히 했던 일들에 대해 용서를 구했습니다.

다음날부터 선생님은 학업이 떨어지는 아이들을 정성껏 보살피기 시작

했습니다. 그리고 가장 열등생이었던 웅이를 더욱 정성스럽게 돌보았습

니다. 그 후 그는 우등생이 되었고 우수한 성적으로 학교를 졸업할 수 있

었습니다.

졸업식 날, 선생님은 웅이가 선물로 준 팔찌를 손목에 차고 향수를 바른

채 축하를 해주었습니다. 웅이는 선생님의 품에 안겨 한번도 잊은 적 없

는 어머니의 향기를 맡았습니다.

기다려본 사람만이
더 큰 **행복**을 거머쥘 수 있습니다.

## 기다리는 여유로움

동해안 어느 바닷가에 작은 배 한 척으로 살아가는 어부가 있었습니다. 그는 여느 때와 마찬가지로 이른 아침을 먹고 아들과 함께 바다로 나갔습니다. 넓고 푸른 바다 위에는 이미 더 부지런한 고깃

배들이 나와 열심히 그물을 풀어놓고 있었습니다. 어부도 아들과 함께 닻을 내리고는 느릿느릿 그물을 치기 시작했습니다.

아버지의 그런 변함없는 느린 동작을 지켜보던 아들이 조바심이 나서 말했습니다.

"그렇게 느긋하다가는 한 마리도 못 잡을 거예요. 이미 고기들이 멀리 사라진 뒤일 테니까요."

그러나 아버지는 여유 있는 미소까지 지으며 조용히 말했습니다.

"물론 어부에게 있어서 고기를 잡는 것이 중요하지. 그러나 기다릴 줄도 알아야 한다."

시간이 지나고 그물을 거둘 때가 되었습니다. 그때 근처에 있던 다른 배들에서 잇달아 환호성이 터졌습니다.

"와아! 만선이다!"

"우리 배도 그물이 빵빵하다고!"

"하하하, 우린 고기들이 도망치려고 아예 그물을 비집고 난리들이야!"

어부들이 끌어올리는 그물마다 금방이라도 찢어질 듯 물고기들로 가득했습니다.

그 모습을 구경하던 어부도 천천히 그물을 끌어올리기 시작했습니다. 그러나 그의 손놀림은 변함없이 느리기만 했습니다. 옆에서 거들던 아들이 노골적으로 불만을 털어놓았습니다.

"쳇, 우리 그물에는 대체 몇 마리나 걸렸을까요?"

아버지는 잠시 일손을 놓더니 드넓은 바다를 바라보며 대답했습니다.

"우리 인생에는 말이다. 느긋하게 기다려야 할 때가 있고 지체 없이 행동해야 할 때가 있는 법이다. 지금은 기다려야 할 때란다."

아들은 어이가 없어 말문이 막힌다는 듯 고개를 푹 숙였습니다. 아버지가 아들에게 시선을 주며 말을 이었습니다.

"저들처럼 급하게 그물을 끌어올리면 고기들은 상처를 입겠지. 그런 고기들은 제값을 받을 수가 없다는 걸 너도 잘 알고 있겠지? 그래, 우리는 내다팔 수 있는 싱싱한 고기만 잡으면 되는 거야. 그 수가 많지는 않더라도 사는 사람이나 우리나 마음은 편하지 않겠니?"

그때서야 아들은 고개를 들어 아버지를 바라보았습니다. 아들의 입가에 미소가 설핏 스쳤습니다. 두 사람은 아주 느긋한 표정으로 그물질을 하기 시작했습니다.

우리는 평소 지나간 일에 대해 후회를 자주 하는 편입니다. 그때 조금만 참았더라면 하는 뒤늦은 후회도 해보지만 이미 돌이킬 수 없는 일이 된 뒤입니다. 반면에 지체 없이 처리해야 하는 일들도 있습니다. 감사와 위로의 말이 그것입니다. 그 말들은 오히려 빠를수록 좋습니다.

하지만 화를 내거나 상대를 원망하는 말은 느릴수록 좋습니다. 한 박자 늦춘 다음 다시 한번 생각해볼 필요가 있습니다. 물론 절망도 마찬가지입니다. 그럴 때일수록 한걸음 뒤로 물러서 다시 한번 자신을 돌아봐야 할 것입니다.

**탐욕**은 영혼의 키를 갉아먹는 **어리석음**입니다.

# 탐욕의 끝

한 남자가 길을 걷던중 값비싼 보석이 길가에 묻혀 있는 것을 발견하게 되었습니다. 그는 욕심이 나서 그것을 꺼내기 위해 땅을 파기 시작했습니다. 하지만 보석은 생각보다 깊이 묻혀 있어 쉽게 꺼낼 수가 없었습니다. 그는 있는 힘을 다해 파고 또 팠습니다. 그때 그의 귀를 후벼파듯 목소리가 들려왔습니다.

보석이 주는 충고의 말이었습니다.

"나는 누구에게도 해를 주고 싶지 않아 여기에 숨어 있는 거랍니다. 나를 갖는 사람들은 모두 불행을 당하거나 죽게 되지요. 만약 당신이 나를 소유한다면 당신도 예외는 아닐 거예요. 욕심을 버리세요. 탐욕은 늘 불행을 자초하는 위험한 짓이랍니다. 행여 나를 소유한다고 해도 당신은 밤낮으로 나를 지키기 위해 삭막한 감정만을 지니게 될 거예요. 또 이웃을 의심하고 가까운 가족마저 믿을 수 없는 사람이 될지도 모릅니다."

그러나 이미 탐욕에 눈이 먼 그의 귀에는 들리지 않았습니다. 그는 다시 땅을 파기 시작했고 보석은 결국 그의 손에 들어가게 되었습니다. 마지막 부탁인 듯 보석이 다시 애절한 목소리로 말했습니다.

"어쩔 수가 없군요. 그렇다면 한 가지 명심하세요. 아무에게도 나에 관해서 발설하지 마세요. 굳이 나를 소유하고 싶다면 단단한 금고 속에 넣어두세요. 그리고 앞으로의 시간에 대해 깊이 생각하세요. 그럼 어느 정도는 안전하고 불행을 피할 수 있을 거예요."

그러나 그는 보석의 마지막 부탁마저 일축해버렸습니다.

"웃기는 소리 마. 널 가져가서 우선 반짝반짝하게 빛을 내겠어. 그리고 사람들에게 자랑을 하고 아주 비싸게 팔 거야. 그럼 나는 유명해지고 부자가 될 수 있겠지."

그때 마침 그곳을 지나던 세 명의 강도가 남자의 목소리를 듣게 되었습니다.

"이놈! 네 손에 든 그것이 뭐냐?"

깜짝 놀란 그는 얼른 보석을 뒤춤에 감추며 대충 얼버무렸습니다.

"이, 이거 말인가요? 아, 아무것도 아니오."

그러나 강도들은 이미 그것이 보석임을 눈치 챈 뒤였습니다.

"순순히 말할 때 당장 내놔!"

강도들은 험악한 인상을 쓰며 칼을 꺼내들더니 반항하는 그의 손목을 베어버렸습니다. 보석은 그의 손과 함께 땅에 떨어졌습니다.

"이 나쁜놈들아! 어서 그 보석을 돌려줘!"

그는 피를 흘리며 절규했지만 소용이 없었습니다.

보석을 손에 쥔 강도들은 너무 기쁜 나머지 그 자리에서 덩실덩실 춤을 추었습니다. 그때 보석의 충고가 들려왔습니다. 보석은 남자에게 했던 것처럼 불행과 탐욕에 대해 충고의 말을 아끼지 않았습니다.

"그러니 나를 소유하는 것은 고통만을 껴안는 일이예요. 나를 버리고 그냥 가세요."

하지만 세 명의 강도들은 보석의 충고를 무시한 채 서둘러 그곳을 벗어났습니다. 그런데 문제가 생겼습니다. 주인은 세 명인데 보석은 하나라는 사실을 그들은 뒤늦게 깨달은 것입니다.

우두머리 강도가 먼저 시커먼 속셈을 드러냈습니다.

"내게 좋은 생각이 있어. 이걸 내가 갖고 가서 팔아올 테니까 그때 돈을 나누자."

하지만 같은 속셈을 품고 있던 나머지 강도들이 선뜻 찬성할 리가 없었습니다.

"무슨 소리야. 달리기가 빠른 내가 팔아오는 게 낫지."

다른 강도 역시 자신의 속내를 드러냈습니다.

"웃기는 소리들 하네. 우리들 중에서 가장 힘이 센 내가 갔다 오는 게 훨씬 안전해."

결국 강도들은 옥신각신하더니 칼부림까지 하게 되었습니다. 결국 세 사람 모두 큰 상처를 입은 채 피를 흘리며 쓰러졌습니다. 그들은 죽어가면서 떨어진 보석을 안타깝게 바라볼 뿐이었습니다. 그때 비통한 어조로 보석이 말했습니다.

"아, 이 세 사람들마저 죽어가는군. 앞으로 얼마나 많은 사람들이 죽게 될지……."

노동이 없는 부는 죄악이라고까지 했습니다. 탐욕에 눈이 어두워 한순간의 행운을 좇거나 요행을 바란다는 것은 결국 파멸을 재촉하는 일이겠지요. 우리의 속담에도 누워서 떡을 먹으면 팥고물이 눈에 들어간다는 말이 있습니다. 그렇습니다. 쉽게 얻어지는 것은 그리고 탐욕의 손으로 쥐는 것들은 결코 행복을 가져다주지는 않습니다.

인생의 가장 훌륭한 조력자는
나를 세워주는 **또 다른 나**입니다.

평화의 모습

대학 캠퍼스에 둘러앉은 미술과 학생들의 표정이 그다

지 밝지 않았습니다.

다가오는 기말시험에 그림을 한 장씩 그려 제출해야 되기 때문입니다.

주제는 평화이고 소재는 자유라고 합니다.

"무슨 고민이야. 생각해보면 선택의 여지가 많잖아. 지친 삶을 다독여주는 잔잔한 바다 풍경이랄지 비둘기떼가 비상하는 이른 아침의 눈부심 아니면 석양 노을의……"

그러자 다른 친구가 버럭 화를 내듯 목소리를 높였습니다.

"야, 그렇게 흔해빠진 거야 누가 못 그리겠냐? 문제는 독창성이라고. 초저녁의 분위기가 어떨까? 근데 어스름을 표현하기가 여간 까다롭지 않단 말야."

"그럼 허리 굽은 노인이 추수하는 모습은 어때?"

"그것도 무리야. 노인의 얼굴과 표정 연출이 만만치 않아."

"동물의 세계가 적당할지 몰라. 햇볕 아래 졸고 있는 고양이 어때? 참, 그놈의 잔털 처리가 또 문제겠네."

"그럼 추상적으로 처리해버려. 물감을 섞으라고."

"모두들 그럴 듯한 생각이야. 하지만 난 아주 색다르게 시도해 볼 거야!"

그렇게 돌파구를 찾지 못한 학생들은 결국 나름대로 작품을 완성해보기로 했습니다.

드디어 작품 제출이 마감되었고 교수가 그것들을 소재별로 분류해가며 심사를 했습니다.

"음, 많은 학생들이 나름대로 아이디어를 내서 평화를 표현하고자 노력

한 흔적이 역력하군. 젖소가 풀을 뜯는 목장과 아이들이 해맑게 뛰노는 언덕…… 오호, 이건 낚시터 풍경이고 우산을 쓰고 빗속을 걷는 사람도 있네. 그런데 이 황혼녘 하늘은 너무 푸른 감이 있고 이 아침 풍경은 색감 처리가 너무 희미하고……"

순간 작품들을 들추던 교수의 눈빛이 돌변했습니다.

"오호, 요동치는 바다 풍경이라! 폭풍을 표현했군. 검은 구름이 하늘 가득 몰려오고 사나운 물결이 배를 삼키려 날뛰고 있어. 배가 가랑잎처럼 갈팡질팡하는 것이 곧 뒤집히겠구먼. 아니, 이런 살벌한 장면이 평화롭다고 생각했다는 건가? 가만, 키를 움켜잡고 있는 것은 어른도 아닌 소년이네. 음, 눈물까지 흘리고 있는 것을 보니 두려움에 떨고 있어. 가여운 생각까지 들게 하는 생생한 모습이야. 가만, 그런데 이건 뭐지?"

교수는 소년 바로 뒤에 있는 희미한 형상을 발견하고는 얼굴을 가까이 들이댔습니다.

"이런!"

교수는 그만 자신의 무릎을 탁 치면서 자리에서 일어섰습니다. 키를 움켜잡고 있는 소년의 배경에는 당당하게 서 있는 또 다른 소년의 모습이 희미하게 그려져 있었습니다. 그러나 두 소년은 동일 인물이었습니다. 분명 소년과 얼굴이 똑같고 옷차림도 같았습니다. 소년은 두려움에 떠는 소년에게 무언가를 말하고 있는 듯했습니다.

"그래, 바로 이게 평화일지 몰라. 우리는 늘 두 개의 얼굴로 이 험난한 세상을 헤쳐가며 항해를 하고 있지. 그래서 또 다른 내가 나를 깨워주고 반대로 나라는 실체가 보이지 않는 또 다른 나를 조율하면서 사는 거야. 그게 우리가 추구하려는 진정한 평화의 모습이 아닐까!"

교수는 인생의 모습을 꿰뚫은 작품이라고 판단했습니다. 결국 그 그림은 최우수작으로 뽑혀 캠퍼스에 전시되는 영광을 누릴 수 있었습니다.

길은 제시만할 뿐 이끌어주지는 않습니다.
그 길을 걷는 것은 **우리의 몫**이니까요.

삶의 길

방향을 잃고 시골길을 헤매던 한 남자가 있었습니다. 너무 오래 흙먼지를 뒤집어쓴 채 걸어서 그의 모습은 지칠 대로 지치고 더럽기까지 했습니다. 그는 어서 시골길을 벗어나 몸을 닦고 배를 채우고 쉴 수 있는 곳으로 가고 싶었습니다.

흘러내린 땀으로 온몸이 흠뻑 젖을 무렵 마을이 보이는 갈림길에 이르렀습니다. 그는 잠시 그곳에 서서 양쪽 길을 비교해 보았습니다. 한쪽은 걷기가 비교적 쉬운 아스팔트였고 다른 쪽은 자갈길이었습니다. 그는 어느 길로 들어설지 망설이다가 마침 지나는 사람을 붙잡고 물었습니다.

"어디로 가야 저 마을로 갈 수 있죠?"

그러자 사내가 덤덤하게 대답했습니다.

"양쪽 모두 마을로 가는 길이오."

그는 양쪽 길을 번갈아보더니 다시 물었습니다.

"그럼 빨리 갈 수 있는 길은 어느 쪽입니까?"

사내는 손가락으로 길을 가리키며 말했습니다.

"이쪽 길은 짧고도 멀고 저쪽 길은 멀고도 짧소."

"예?"

그는 사내의 말을 쉽게 이해할 수가 없었습니다. 사내는 그 한마디를 남기고는 벌써 저만큼 멀어지고 있었습니다.

'음, 어느 길로 가든 별 차이가 없다는 말인가?'

그렇게 판단한 그는 보다 수월해 보이는 길로 들어섰습니다. 그 길은 걷기도 편했고 조금만 가면 마을에 닿을 것만 같았습니다.

그런데 얼마 못 가서 낭패를 보고 말았습니다. 시내를 바로 코앞에 두고 갑자기 길이 끊어졌던 것입니다. 넓은 하천과 과수원이 앞길을 가로막고 있었습니다. 그는 하는 수 없이 갈림길이 시작되었던 곳으로 다시 되돌아올 수밖에 없었습니다.

그때 길을 알려주었던 사내를 다시 만나게 되었습니다. 그는 약간 불만 어린 목소리로 말했습니다.

"아까 분명히 이 길이 가깝다고 하지 않았나요?"

"그랬죠. 하지만 멀다고도 했을 텐데요."

그는 그때서야 알 것 같았습니다.

'오호, 짧고 편해 보이는 길이 때론 더 멀 수도 있구나. 그리고 험하고 불편해 보이는 길이 때론 더 가까울 수도 있다는 뜻이야!'

그는 이번에는 험해 보이는 다른 길로 들어섰습니다. 처음에는 걷기에 불편하고 힘이 들었습니다. 자갈 때문에 자꾸만 발이 헛딛어져 넘어질 듯 위태로웠습니다. 하지만 그 길은 아무런 막힘없이 마을로 곧장 이어져 있었습니다. 그는 비로소 지친 몸을 씻고 허기진 배를 달랠 수 있었습니다.

우리에게 놓여진 삶의 길은 늘 하나일 수 없습니다. 정도의 길이 있으면 그 반대의 길도 존재하는 법입니다. 우리는 완벽하지 못한 인간이기에 언제나 그 앞에서 갈등을 하고 혼란을 겪게 되는 것입니다. 바르지 못한 길은 편한 것 같지만 결코 그렇지 않습니다. 반면 험한 길은 고통만을 떠안을 것 같지만 목적지로 안전하게 인도해주기도 합니다.

사랑의 힘으로 움직이지 못할 것은 없습니다.
다만 우리는 눈에 보이는 것만을 좇다가
주저앉는 실수를 범하는 것이겠지요.

## 선택

어느 날, 우리 앞에 부와 성공 그리고 사랑이 한꺼번에 찾

아온다면 과연 무엇을 선택할 수 있을까요?

한 여인이 마당을 쓸다가 대문 밖에 웅크리고 앉아있는 세 노인을 보게 되었습니다. 낯선 노인들이었지만 그대로 지나칠 수 없는 모습이었습니다. 매우 지치고 허기져 보였기 때문에 그녀는 노인들에게 다가가 말을 건넸습니다.

"저, 실례지만 매우 시장해 보이시네요. 입에 맞으실지 모르겠지만 저희 집에 들어가셔서 음식을 좀 드시지요."

그러자 한 노인이 대뜸 물었습니다.

"집에 남자가 있습니까?"

조금은 황당한 질문이라 그녀는 잠시 머뭇거렸지만 대수롭지 않게 대답했습니다.

"아뇨. 지금은 직장에 가고 집에 없는데요."

그러자 노인들은 입을 모아 말했습니다.

"그렇다면 우리는 들어갈 수 없소이다."

고개를 갸웃거리던 그녀는 별 수 없이 집으로 들어왔습니다. 몇 시간 후 남편이 퇴근을 하고 돌아왔습니다. 그녀는 남편에게 낮에 있었던 일을 들려주었습니다. 그러자 남편은 노인들을 안으로 모시라고 말했습니다. 그녀는 밖으로 나가 노인들을 다시 정중하게 초대를 했습니다. 그러나 남편이 집에 있다는 말에도 노인들은 쉽게 집으로 들어가지 않으려고 했습니다. 답답한 그녀가 이유를 묻자 한 노인이 설명을 했습니다.

"우리는 각각 부와 성공 그리고 사랑을 줄 수 있는 사람들입니다. 그러니 안으로 들어가서 누가 당신 집에 들어가기를 원하는지 남편과 의논을 하세요."

그 말을 전해들은 남편은 뛸 듯이 기뻐했습니다. 그는 의논할 것도 없다며 소리쳤습니다.

"물론 부를 가져다 줄 노인을 초대해야지. 그 노인을 어서 안으로 불러 우리를 부자로 만들어줄 비법을 듣자고!"

하지만 그녀는 남편의 말에 찬성하지 않았습니다.

"제 생각에는 성공을 초대하는 것이 낫겠어요. 성공하면 돈은 물론 명예까지 얻을 수 있잖아요."

그때 마침 자기 방에서 나오던 딸이 두 사람의 대화를 듣고는 정색을 하며 말했습니다.

"엄마 아빠, 지금 무슨 소리예요? 사랑을 초대해야죠. 그래야 우리 집이 사랑으로 가득 찰 게 아니예요?"

잠시 망설이던 부부는 딸의 말을 받아들이기로 했습니다.

그녀가 밖으로 나가 사랑을 가져다줄 노인을 모시고 들어왔습니다. 그런데 이상한 현상이 벌어졌습니다. 그 노인이 집안으로 한 발짝 성큼 들어서자 부와 성공을 줄 다른 노인들도 뒤를 따라 들어왔습니다. 깜짝 놀란 그녀가 그 노인들에게 물었습니다.

"저희는 사랑을 주실 이 노인만을 초대했는데요."

그러자 세 노인이 한 목소리로 대답을 했습니다.

"만약에 당신들이 부나 성공을 초대했다면 우리 가운데 다른 두 사람은 따라들어오지 않았을 것이오. 허나 당신들은 사랑을 선택했어요. 사랑이 가는 곳에는 늘 부와 성공이 따르기 마련이지요."

우리는 대부분 눈앞의 재물을 먼저 선택할지도 모릅니다. 그러나 사랑보다 값진 것은 없습니다. 사랑이 가득한 사람은 비록 화려하지 않을지 몰라도 많은 사람에게 부러움을 사게 되니까요. 이름난 재벌도, 성공을 통해 높은 지위에 오른 사람도 사랑이 없이는 그것을 오래 지키지 못하는 것입니다.

기다릴 줄 안다는 것은
시간을 경영할 줄 아는 지혜입니다.

# 기다림이 주는 기쁨

한 청년이 애인과 만나기 위해 약속 장소인 공원으로 달려

갔습니다.

그런데 그는 약속 시간보다 너무 일찍 도착했습니다. 성격이 매우 급한

그는 차츰 짜증이 나기 시작했습니다. 짜증의 원인은 물론 그에게 있었

습니다. 그는 기다림의 묘미를 알지 못했습니다.

그는 기다림에 지친 나머지 의자에 기댄 채로 잠이 들어버렸습니다. 잠시 후 그의 앞에 나타난 것은 애인이 아니라 뜻밖에도 요정이었습니다.

"나는 왜 당신이 그렇게 답답하고 침통해 하는지 알고 있답니다. 이 단추를 당신의 옷 위에 달고 만약 어쩔 수 없이 기다려야 하는 상황이 오면 오른쪽으로 약간 돌리세요. 그러면 당신은 시간을 뛰어넘을 수 있을 겁니다."

요정의 말에 그는 귀가 솔깃했습니다. 그가 평소에 늘 바라던 일이었기 때문입니다. 그는 호기심 어린 얼굴로 단추를 조금 돌려보았습니다. 그러자 기다리던 애인이 어느새 자신의 눈앞에 도착해 방긋 웃고 있는 게 아니겠습니까.

'우와, 정말 대단한데!'

그는 너무 신기하고 기쁜 나머지 속으로 쾌재를 불렀습니다.

그는 다시 단추를 돌렸습니다. 성대한 결혼식이 눈앞에 펼쳐졌습니다. 그는 아름다운 신부를 바라보며 생각했습니다.

'지금 만약 우리 단 둘이만 있다면 얼마나 좋을까?'

그러면서 조심스럽게 단추를 돌렸습니다. 주위가 갑자기 조용해지면서 깊고 황홀한 밤으로 변해버렸습니다. 그는 생각하는 것마다 눈앞으로 나타나자 더욱 신기해서 입을 다물 줄 몰랐습니다.

'잠깐, 아이들도 몇 명 있어야겠어.'

그는 망설임 없이 힘껏 단추를 돌렸습니다. 소원대로 귀엽고 예쁜 아들과 딸들이 환한 웃음을 지으며 자신에게로 달려오고 있었습니다. 그의 머릿속에는 끊임없이 또 다른 소원들이 솟아났습니다. 그는 신이 나서 단추를 돌리고 또 돌렸습니다.

그러나 그의 성급한 시간여행은 뜻하지 않은 결과를 낳고 말았습니다. 그는 어느새 늙고 쇠약해져 병상에 눕고 말았던 것입니다. 그는 더 이상 무엇을 위해 단추를 돌릴 기력조차 없는 몸이었습니다. 그때서야 그는 자신의 성급함에 후회를 했습니다.

그 순간 그는 눈을 떴습니다. 꿈이었습니다. 식은땀으로 범벅이 된 그는 정신을 차리고자 눈을 꿈벅였습니다. 그때 그의 눈앞에는 그토록 기다리던 사랑스러운 애인이 환한 미소로 서 있었습니다.

"많이 기다렸어요?"

애인은 정확한 시간에 도착했지만 그가 기다렸다는 것을 짐작하고는 그렇게 물었습니다.

"응, 아주 많이 기다렸지. 근데 하나도 지루하지 않았어. 아니 이제부터는 기다림의 소중함을 더 느끼며 살기로 했어. 누군가를 그리고 무언가를 기다린다는 것이 얼마나 소중한지를 깨달았거든."

내가 어디로부터 왔는지를 안다는 것은
어디로 **어떻게 가야할지도** 배웠다는 것입니다.

# 우리 안의 나

출입국관리사무소 앞에 많은 사람들이 모여 있었습니다.

아이를 데리고 온 한 여인이 기다리기 지루한 듯 옆 사람에게 말을 건넸습니다.

"사람들은 우리더러 뭐라고 그러지만 어쩔 수 없는 노릇 아니겠어요? 현실적으로 군대 면제를 받기 위해 이 길밖에 없는데 어쩌겠어요? 더군다나 애들 교육비에 허리가 휘어지고 그렇다고 사회보장제도가 잘 돼 있는 것도 아니고……"

그녀는 아이의 국적을 바꾸기 위해 찾아온 것입니다. 얼마 전 이중국적 자들이 병역의무를 마치기 전에는 한국 국적을 포기할 수 없도록 한 법이 통과되었습니다. 그러자 국적을 포기하겠다는 신고자가 봇물터지듯 몰려든 것입니다.

그녀는 자신의 결정이 지극히 정당하고 자연스러운 것이라며 다시 열변을 토합니다.

"암튼 미래가 보이지 않는 사회가 낳은 불가피한 결과라고요. 그런데 아줌마는 어느 나라로 국적을 바꿀 생각이예요? 우리 애는 미국인데……"

그러자 역시 한 아이의 손을 잡고 있던 남루한 차림의 여인이 대답했습니다.

"한국이예요."

"예? 한국이라니 그게 무슨 소리예요?"

여인은 황당하다는 듯 눈을 크게 뜨고는 목소리를 높였습니다. 남루한 차림의 여인이 차분하지만 또박또박 그 이유에 대해 설명하기 시작했습니다.

"저희는 중국에서 왔어요. 국적 회복허가신청서를 제출하려고 온 거예요 저는 중국 지린성 출신인데 뿌리를 찾기 위해 귀국하려는 독립투사의 자손들이 중국에만 수만 명에 달하고 있어요. 그 사람들은 자신이 태어난 조국을 단 한번도 잊지 않고 살고 있지요. 저는 그나마 운이 좋은 편이랍니다. 내 조국을 찾기 위해 이렇게 이곳까지 찾아와 서 있으니까요."

여인의 말에 그녀는 화가 난 듯 차갑게 돌아섰습니다. 그녀는 몇 걸음 가더니 이번에는 다른 사람들을 붙잡고 자신의 주장에 대해 열변을 토하기 시작했습니다. 자신의 결정이 전혀 잘못되지 않았음을 증명하려는 듯 말입니다.

그 모습을 본 중국교포 여인이 아이를 돌려 자기 품에 가만히 안았습니다. 그리고 양손으로 아이의 머리를 쓰다듬듯 하면서 자연스럽게 귀를 가려주었습니다.

행복한 씨앗

사랑이 이어질 때 우리는 어떤 고난도 이겨낼 수 있습니다

세잇

이웃과 더불어 산다는 것은
보다 **견고한 행복**을 다지는 일입니다.

산동네 사람들

산동네에 살고 있는 그는 새로운 걱정거리에 골머리를
앓고 있었습니다.

그는 호화 주택의 높은 담 아래 언제 쓰러질지 모르는 판잣집에서 살고
있었습니다. 같은 산동네지만 극과 극의 모습을 한 채 살고 있는 형편이
었지요.

그는 날마다 그 집을 보면서 자신을 비교하며 서러움을 삼켰습니다. 그
런데 그에게 서러움을 더해주는 일이 벌어졌습니다. 호화 주택에서 수시

로 구정물이 쏟아져 내렸던 것입니다.

참다못한 그는 저택으로 찾아가 사정을 털어놓았습니다. 자기 집 쪽으로 구정물을 버리지 말아달라고 부탁을 한 것입니다. 하지만 저택의 주인은 그의 말을 무시했습니다.

"아니, 물은 높은 데서 낮은 데로 흐르기 마련인데 무슨 뚱딴지같은 소리요? 하여튼 꼭 돈 없는 사람들이 불평불만이 많다니까!"

그는 할말을 잃고 온몸을 부들부들 떨었습니다. 가난한 것도 서러운데 그런 말까지 들으니 피가 거꾸로 솟는 기분이었습니다.

그는 저택 주인이 너무 괘씸해서 견딜 수가 없었습니다. 결국 그는 받은 대로 돌려주기로 결심을 했습니다. 그는 저택 정원을 향해 굴뚝을 높이고 하루 종일 연탄불을 피웠습니다. 저택에서는 그 냄새 때문에 고통을 받기 시작했습니다. 저택의 주인이 잡아먹을 듯 달려오더니 거칠게 항의를 했습니다. 그러자 판잣집 주인이 말했습니다.

"흥, 아니 그렇게 지체 높고 세상 사는 이치를 누구보다 잘 아시는 분이 무슨 말이오? 연기가 낮은 데서 높은 곳으로 올라가는 이치도 몰랐다는 거요?"

저택의 주인은 금방이라도 쓰러질 듯 얼굴이 하얗게 변해버렸습니다. 그리곤 아무런 말조차 하지 못한 채 걸음을 돌려야만 했습니다.

은혜와 사랑은 오래 기억하고
불신과 미움은 금방 씻어야 합니다.
그것이 삶의 날씨를 늘 맑게 해주는 비결입니다.

삶의 지혜

결혼식을 막 끝낸 예비부부는 설악산으로 신혼여행을
떠났습니다.

남들은 해외로 나가지 못해 안달이었지만 검소한 신랑의 설득을 신부도
기꺼이 받아들였습니다. 그런 자신을 믿고 따라와주는 신부가 사랑스러
운 신랑은 매우 기분이 좋았습니다.

계곡을 지날 때였습니다. 신부가 그만 발을 헛디뎌 계곡 아래로 추락할

찰나였습니다. 그러나 다행히 신랑이 내민 손을 잡은 그녀는 위험에서 벗어날 수 있었습니다. 그녀는 자신에게 없어서는 안 될 사람이 이 남자라며 매우 감격해 했습니다. 그래서 해서는 안 될 일이지만 근처 바위에 글자를 새겼습니다. 바로 사랑 '愛' 였습니다.

다음날 근처 바닷가 백사장을 거닐게 되었습니다. 그런데 그들은 사소한 문제로 말다툼을 하게 되었습니다. 바닷가에 온 기념으로 비싼 바닷가재를 먹자는 신랑과 절약을 하자는 신부의 의견충돌이었습니다. 결국 두 사람은 실랑이 끝에 아무도 아침밥을 먹지 못했습니다.

"아니, 신혼부터 그렇게 고집을 부리면 나중에는 어떡할 거야? 매일 난 아침밥도 못 얻어먹고 출근할지도 모르잖아?"

신랑은 마음은 그렇지 않은데 버럭 소리부터 질렀습니다. 신부도 뒤질세라 자기 생각을 꺾지 않았습니다.

"자기는 검소한 사람으로 알았는데 실망이야. 마음 내키는 대로 돈을 써 버리면 나중에 무슨 수로 감당하려고 그래? 여행 경비 아껴서 돌아갈 때 부모님 선물을 하나씩 사자고 한 사람이 누군데……"

신부의 말이 떨어지기 무섭게 신랑은 다시 화를 내며 성큼성큼 혼자 앞서 걸어갔습니다. 혼자 남은 신부는 잠시 후 쪼그리고 앉아 손가락으로 백사장에 무언가를 쓰기 시작했습니다. 언제 어디서 누가 자신을 힘들게 했다는 시시콜콜하고도 긴 내용이었습니다.

신혼여행에서 돌아온 신부에게 친구들이 행복했냐며 꼬치꼬치 캐묻기 시작했습니다. 신부는 설악산 바위와 백사장에 남긴 글들에 대해 말해주었습니다. 그러자 한 친구가 의아해하며 물었습니다.

"이상하네. 왜 바위에는 한 글자만 새기고 백사장에는 그렇게 길게 써서 남겼니?"

신부는 미소를 지으며 대답했습니다.

"그 사람이 나를 구해준 것은 영원히 기억해야 하는 소중한 사랑이야. 하지만 나를 속상하게 한 것은 얼마든지 이해하고 또 노력하면 개선될 수 있는 문제지. 그래서 금방 파도에 씻겨갈 수 있게 그곳에 남겼던 거야."

돈이 전부라고 생각하는 사람은
삶의 한 부분만 살다가 죽는 것입니다.

## 하나만 아는 사람

돈이라면 남부럽지 않게 벌었고 성공했다고 자부하는 사
람이 있었습니다.

그는 모든 세상의 일들을 돈과 연관지어 생각했기 때문에 부자가 되었다
고 믿었습니다. 그런 자신의 인생관을 아들에게 늘 강조하며 같은 길을

걷도록 교육시키기도 했습니다.

그는 아들과 함께 여행을 떠났습니다. 이제 막 대학을 졸업해서 사회에 뛰어든 아들에게 보다 생생한 처세술을 가르쳐주기 위해서였습니다. 발길 닿는 곳마다 돈이 될만한 것들이 널려있음을 눈으로 확인시켜주고 싶었습니다.

그들이 도착한 곳은 풍물시장이 열리고 있는 넓은 공터였습니다. 온갖만물들이 좌판에 늘어서 손님들의 시선을 끌고 있었습니다. 갖가지 먹거리와 구경거리가 가득한 그곳을 거닐며 부자는 아들에게 말했습니다.

"잘 보거라. 세상에서 돈이 되지 않는 것은 없단다. 돌멩이 하나도 잘만 쓰면 돈이 되는 법이란다."

그들은 마침 가부좌를 틀고 앉아 억새로 바구니를 엮고 있는 노인 앞을 지나게 되었습니다. 부자가 노인에게 물었습니다.

"이 바구니는 하나에 얼마 하나요?"

노인이 고개를 들더니 대답했습니다.

"하나에 천 원이요."

"그럼 바구니를 만 개 정도 산다면 개당 얼마나 깎아줄 수 있나요?"

부자는 아들에게 자신의 사업수단에 대해 자랑하고 또 가르칠 생각에서였습니다. 그런데 노인의 대답은 전혀 엉뚱했습니다.

"그렇다면 개당 이천 원은 내야겠소."

부자는 어이가 없다는 듯 큰소리로 물었습니다.

"아니, 이 노인네가 노망이 들었나. 그 이유가 뭐요?"

노인이 느긋한 표정으로 말했습니다.

"똑같은 바구니를 만 개씩이나 만들고 앉아있는 것은 정말 재미없는 일이기 때문이오. 세상에 그처럼 돈만을 위해 재미없는 일을 하는 사람도 있단 말이요?"

누가 **부자인지** 정의하는 것은 어렵습니다.
**가진 것**이 많아도
늘 부족하다고 여기는 사람은 **거지**일 수도 있으니까요.

## 거지의 철학

공원에서 낮잠을 즐기던 세 명의 거지는 갑작스런 소나기에 놀라 뛰기 시작했습니다. 그들이 몸을 피한 곳은 가까운 나무 아래였는데 마른자리가 그다지 넓지가 않았습니다. 그들은 서로 비를 맞지 않기 위해 몸싸움까지 벌였지만 결판이 나지 않았습니다. 빗줄기가 더욱 굵어지자 그들은 가장 부자인 사람이 마른자리를 차지하기로 내기를 했습니다.

첫 번째 거지가 가방에서 전국무료급식 장소의 약도가 그려진 수첩과 숟가락 일곱 개를 꺼냈습니다.

"이 수첩만 있으면 난 하루 종일 굶지 않고 어디든지 갈 수 있다고. 또 여기에는 어디에서 주로 어떤 국이 나오는지 반찬은 무엇인지도 자세히 적혀있어. 술 먹은 다음날 아주 요긴하게 쓰이지. 또 이 숟가락들은 일주일 동안 하나씩 사용할 수 있어 위생적이지. 이만하면 내가 부자가 아닌가?"

그러자 두 번째 거지가 콧방귀를 뀌면서 나섰습니다.

"그 정도로는 어림도 없지. 밥을 얻어먹으면서 가장 불쌍한 게 한결같이 쪼그리고 있다는 거야. 거지라고 티를 내는 것도 아니고 말이야. 그래서 난 스펀지가 들어있는 푹신한 방석을 늘 갖고 다니지. 그리고 코뼈가 부러지고 무릎이 다 까지도록 싸워서 지하도마다 내 전용 잠자리까지 마련해놓은 몸이라고. 그곳에 가면 이불까지 있어서 한겨울에도 끄떡 없지. 그런 내가 부자가 아닐까?"

세 번째 거지는 다리를 절고 한쪽 손까지 마비된 사람이었습니다. 더군다나 오랫동안 씻지도 못했는지 헝클어진 머리에 온통 지저분한 모습이었습니다. 그는 절룩거리는 다리로 몸을 겨우 가누며 힘겹게 말했습니다.

"나는 숟가락은 고사하고 손도 이 모양이고 한쪽 다리마저 짧아 먼 곳에 있는 급식소는 찾아갈 엄두도 못 낸다고. 근데 병신인 내가 그대들보다 부자라는 생각이 드는 걸?"

그의 말이 끝나기 무섭게 그 앞을 우산을 쓴 신사가 지나갔습니다. 신사는 비를 피해 웅크리고 있는 거지들 앞에서 만 원짜리 지폐 한 장을 선뜻 꺼냈습니다. 그리고는 손과 다리가 불편한 꾀죄죄한 거지에게 지폐를 내밀었습니다.

결국 내기에서 이겨 마른자리를 차지한 세 번째 거지는 신사에게서 받은 지폐를 흔들어 보이며 히죽히죽 웃었습니다.

함께 나누는 **기쁨**과 **행복**은
우리가 **세상**을 살아가는데 필요한 **청량제**입니다.

# 내 것과 우리 것

아파트 경비원으로 일하는 그는 한가지 골치 아픈 문제로 속을 끓이고 있었습니다. 아파트 안에는 제법 큰 화단이 하나 있었는데 아침이면 아이들이 화단을 가로질러 등교하면서 꽃을 몰래 꺾는 것이었습니다.

화단이 망가진다는 주민들의 원성이 높아지면서 아이들을 따끔하게 야단을 쳐서라도 막아달라는 것이었습니다. 안 그러면 경비원 자리에서 쫓겨날 줄 알라는 으름장까지 받게 되었습니다. 그는 자신이 알아서 처리

하겠다며 주민들을 달랬습니다.

그는 다음날 아침 일찍 출근하여 화단 한가운데 서서 등교하는 아이들을 기다렸습니다. 잠시 후 아이들의 모습이 보이기 시작했습니다. 그 중 한 아이가 다가오더니 그에게 물었습니다.

"아저씨, 저 튤립 한 송이 가져가도 되요? 여자친구에게 선물하려고 요."

그는 온화한 목소리로 아이에게 말했습니다.

"저 꽃이 갖고 싶은 모양이구나. 하지만 네가 지금 꺾어가지 않고 그대로 둔다면 꽃은 더 오래 피어있을 수도 있단다. 그런데 만약 네가 지금 꽃을 꺾는다면 잠시 동안만 볼 수 있고 향기를 맡을 수 있지. 넌 똑똑해 보이는 아이니까 알아서 잘 결정하렴."

아이가 한참을 서서 생각하더니 작은 입을 열었습니다.

"그럼 그냥 여기 두고 갈래요. 학교 끝나고 와서 다시 볼 게요."

그날 스무 명이 넘는 아이들은 그에게 같은 말을 듣게 되었습니다. 아이들은 한결같이 꽃이 시들 때까지 그대로 화단에 두겠다고 약속했습니다.

그날 오후에 더 많은 아이들이 화단에 몰려왔지만 꺾여진 꽃은 한 송이도 없었습니다. 단지 그날부터 더 많은 사람들이 화단에 찾아와 꽃과 함께 행복한 시간을 보낼 수 있었습니다.

현명한 사람은
한 번의 **인생**으로 충분하다고 합니다.
반면에 어리석은 사람은 **영원한 생명**을 주어도
그것을 어떻게 쓰면 좋을지 모를 것입니다.

## 나의 가치

**인기 좋고** 명성이 자자한 한 강사가 강연회에서 열변을 토했습니다.

한참을 매끈한 달변으로 청중을 압도하던 그가 느닷없이 주머니에서 십만 원짜리 수표 한 장을 꺼냈습니다.

"이 돈을 갖고 싶으신 분은 손 한번 들어보세요."

그러자 그곳에 모인 대부분의 사람들이 너나할 것 없이 손을 번쩍 들었습니다. 강사가 청중을 한차례 둘러보더니 말을 이었습니다.

"저는 여러분 가운데 한 분께 이 돈을 드릴 생각입니다. 하지만 먼저 제 손을 주목해주시기 바랍니다."

그러더니 갑자기 수표를 마구 구기기 시작했습니다. 청중들은 무슨 일인가 싶어 휘둥그레진 눈으로 그를 바라보았습니다.

"여러분, 아직도 이 수표를 원하십니까?"

청중들은 갑작스러운 강사의 행동에 놀라면서도 여전히 손을 들었습니다. 구겨졌지만 돈은 돈이라는 생각이었을 것입니다.

"좋아요."

강사가 잠시 묘한 미소를 짓더니 이번에는 수표를 바닥에 던지고는 구둣발로 짓이겼습니다. 더러워진 수표를 집어든 그가 다시 청중들에게 똑같은 질문을 던졌습니다. 역시 대부분의 사람들이 돈을 갖겠다고 손을 들었습니다. 그러자 강사가 목소리에 힘을 주며 말했습니다.

"그렇습니다. 제가 아무리 수표를 구기고 발로 짓밟았지만 그 가치는 전혀 줄어들지 않았습니다. 늘 십만 원이라는 가치에는 변함이 없습니다. 여러분도 인생이라는 무대에서 살아가려면 여러 번 바닥에 떨어지고 밟

히며 더러워지는 일을 겪을 것입니다. 실패라는 이름으로, 패배라는 이름으로 또한 절망과 고통 그리고 외로움이라는 이름으로 겪게 되는 갖가지 아픔들을 경험할 것입니다. 그런 아픔들을 겪게 되면 대부분 자신이 쓸모없는 사람이라고 평가절하하려고 합니다. 하지만 놀라운 사실은 그렇다고 해서 여러분의 존재가 달라지는 것은 아닙니다. 구겨지고 짓밟혀도 여전히 자기 가치를 지니고 있는 이 수표처럼 말입니다. 단지 진흙 속에 묻혀 있어서 그 가치를 제대로 발휘하지 못하고 있을 뿐입니다."

강사의 말이 끝나자 수많은 사람들은 들었던 손을 내리기 시작했습니다. 그리곤 우레와 같은 박수소리가 울려 퍼졌습니다. 사람들은 그제야 자신의 존재를 그리고 아직 발견하지 못한 가치를 생각하게 되었습니다.

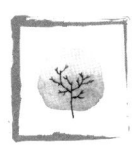

사랑이 이어질 때
우리는 **어떤 고난**도 이겨낼 수 있습니다.

## 영원한 사랑

결혼기념일을 맞은 부부가 분위기 좋고 깔끔한 한 레스토랑을 찾았습니다.

두 사람이 안으로 들어갔을 때 가장 먼저 눈에 띈 것이 있었습니다. 온갖 꽃들로 장식되어 있는 창가의 테이블이었습니다. 테이블 위에는 커다란 촛불 두 개가 켜있었습니다. 한눈에도 예약석이라는 것을 알 수 있었습니다. 부부는 그 바로 옆 자리로 안내되어 앉게 되었습니다.

부부는 약간 부럽기도 하고 과연 어떤 사람들이 그 자리에 앉을지 궁금하기도 했습니다. 주문한 음식이 나오고 부부는 포도주를 나눠 마시며 결혼기념을 축하했습니다. 그러나 음식을 다 먹고 꽤 많은 시간이 흘렀는데도 그 예약석의 주인은 나타나지 않았습니다. 호기심을 참지 못한 부부는 레스토랑 주인을 불러 물었습니다. 취소가 된 자리라면 지금이라도 그곳에 앉고 싶은 마음도 있었기 때문입니다. 그런데 주인은 뜻밖의 슬픈 사연을 들려주었습니다.

"십 년 전 오늘이었죠. 결혼식을 올린 신혼부부가 있었는데 바로 저 자리에서 축하의 시간을 가졌습니다. 바로 저렇게 꽃과 촛불로 장식을 한 채 말이죠. 그 다음 해도 역시 같은 날 부부는 저 자리를 예약하고는 둘만의 시간을 보냈습니다. 그런데 그 이듬해 남편 되는 사람으로부터 수표가 든 편지가 날아왔죠. 부인이 그만 큰 병에 걸려 먼저 저세상으로 가고 말았다는 소식이었습니다. 그리고 자신은 슬픔을 견딜 수 없어 넓은 바다를 항해하는 배의 승무원이 되었답니다. 그래서 기념일에 참석할 수 없지만 죽은 부인을 위해 그때처럼 테이블을 꾸며달라는 부탁이었어요. 그분의 마음에 감동을 받은 저는 기꺼이 부탁대로 매년 저렇게 그들만의 테이블을 꾸며드리고 있답니다. 물론 남편 분께서는 잊지 않고 편지와 함께 수표를 보내오고 계십니다."

주인의 이야기를 들은 부부는 가슴이 뭉클했습니다. 그런데 더더욱 부부를 감동시킨 일이 있었습니다. 계산을 마치고 나가려는데 레스토랑 지배인이 슬쩍 들려준 말 때문이었습니다.

"사실 저 테이블을 장식하는데 드는 비용은 저희 사장님이 내신 겁니다. 그분의 아내에 대한 사랑에 감동을 받으신 사장님은 보내오는 수표와 그 날 벌어들인 매상까지 합쳐서 형편 때문에 결혼식을 올리지 못하는 부부들의 합동결혼식 기금으로 내놓고 계십니다. 그 덕분으로 지금까지 수십 쌍의 부부가 결혼식을 할 수가 있었죠."

부부는 어느 때보다 행복하고 감격스러운 결혼기념일을 보낼 수 있었습니다. 부부는 많은 것을 깨달을 수 있었습니다. 한 사람의 진실된 사랑과 마음은 더 많은 사람들에게 전해질 수 있다는 것입니다. 그것은 함께 살아간다는 아름다운 마음일 것입니다.

지도를 따라 가는 **여행자**이기보다는
**스스로** 길을 만드는 인생이 달콤하지 않을까요?

# 스스로 만드는 길

보다 넓은 세상을 보고 싶어하던 그는 여행을 떠나기로 했습니다.

우선 자신이 사는 곳의 강물을 따라 내려가 보기로 결정을 했습니다. 강과 바다가 만나는 지점까지 가보는 것이 일차 목표였습니다. 그는 여행을 떠나기 전에 철저하게 준비했습니다. 우선 강을 탐험해본 사람들을 만나 그들의 경험을 토대로 지도를 작성했습니다.

"음, 이 정도라면 코흘리개 어린애도 보고 따라갈 수 있을 거야. 아주 완벽해!"

그는 스스로 완벽한 지도를 만들었다고 자부했습니다.

그런데 여행을 시작한 지 반나절도 안 되어 난관에 부딪치고 말았습니다. 지도상에는 분명 강줄기가 오른쪽으로 완만하게 구부러지게 되어 있었지만 실제는 달랐던 것입니다. 강은 지도와는 반대로 왼쪽으로 급커브를 그리며 휘어있었습니다.

'아, 이거 낭패인걸. 이제 어쩌면 좋지?'

그는 땅바닥에 주저앉아 깊은 고민에 빠졌습니다.

해가 질 무렵까지 오랫동안 생각의 끝을 잡고 있던 그는 벌떡 일어나며 소리쳤습니다.

"그래, 이런 건 애당초 필요 없었어!"

그는 지도를 강물에 힘껏 던져버렸습니다. 그러자 모든 문제가 사라진 듯 홀가분해졌습니다.

길을 알려주던 지도 대신 숨어있던 자신감이 그의 걸음을 이끌기 시작했습니다. 그는 어둠이 내린 강줄기를 따라 어느때보다 힘찬 걸음을 내딛을 수 있었습니다.

흔히들 인생은 여행과도 같다고 합니다. 하지만 여행에는 두 종류가 있다는 것을 명심해야 합니다. 조심스럽게 지도를 따라 밟아가는 방법과, 또 다른 하나는 스스로 걸어가면서 지도를 만들어가는 것입니다.

쉽게 **세상**을 산다는 것만이 **최선**은 아닙니다.

삶의 무게

백담계곡을 오르던 길에 잠시 배낭을 벗고 앉아 쉬고 있

을 때였습니다.

"그 배낭을 제가 메고 가면 안 될까요?"

누군가 말을 걸어왔습니다. 머리에는 살아온 세월이 눈발이 되어 희끗희

끗하게 물들어 있었습니다. 전체적으로 마른 듯한 외모라서 그런지 결코

가볍게 생을 살아온 사람 같지는 않았습니다. 그는 아는 체를 하며 농담 같은 말을 건네 왔습니다.

"짐이 없으니 이상하게 안정감이 없어 걷지를 못하겠구려."

하지만 그의 호의를 정중히 사양한 채 다시 일어나 길을 재촉했습니다. 육십 줄은 훨씬 넘긴 듯 보이는 그는 내 뒤를 따르면서 계속 말을 걸어왔습니다.

"짐을 보아하니 세상을 사실 줄 아는 분 같구려."

그는 계속 그런 식으로 선문답을 하듯 했습니다. 이윽고 산장이 보였습니다. 그곳 나무의자에 배낭을 내리면서 물었습니다.

"아까 하셨던 말씀이 무슨 뜻이지요?"

"짐없이 세상을 살아가려는 사람들이 있어서……"

그는 말끝을 흐렸습니다. 그와 나란히 의자에 앉았습니다. 그가 빈 하늘로 눈길을 주더니 다시 조용히 말문을 열었습니다.

"세상을 살아보면 말이지요. 제 한 몸으로 사는 게 아니라 짊어진 삶의 무게로 살고 있다는 것을 느낄 때가 가끔 있지요. 저 산도 마찬가지라우. 짊어진 짐의 무게가 있어야 옆으로 쏠리지 않고 잘 넘을 수 있다우."

밤비가 부슬부슬 내리기 시작했습니다. 잠이 오지 않아 창문을 열었을 때 그를 발견할 수 있었습니다. 그는 혼자 비를 맞으며 밤 숲길을 따라 걷고 있었습니다.

'짐이 없는 저 사람은 이 비오는 밤중에 어디를 가는 것일까?'

그의 모습은 어느새 시야에서 벗어나고 없었습니다.

그때 불현 떠오른 것이 있었습니다. 그의 등에는 아무런 짐이 없었지만 결코 가벼운 걸음이 아니었다는 사실이었습니다. 그의 말이 새삼 뇌리를 스쳐갔습니다. 짐을 짊어지지 못해 안정감이 없어 잘 걷지를 못하겠다는……

고개를 돌려 방바닥에 놓여져 있던 배낭을 확인했습니다. 그 무게가 나를 이곳까지 이끌고 온 것 같다는 생각에 묘한 기분이 들었습니다.

그렇습니다. 우리는 등에 짊어진 자기 몫의 무게가 있어야 앞으로 갈 수 있습니다. 결코 가볍다고 빨리 갈 수는 없겠지요. 반면 벅찬 무게라고 해서 걸음을 중단할 수도 없는 일입니다.

각자의 몫으로 주어진 삶의 무게는 나를 전진하게 해주는 무언의 채찍이 아닐까요?

키보다 **높은 장벽**도
조금 떨어져 바라보면 **그다지** 높지 않습니다.

## 생각의 차이

오랜 설계와 노력 끝에 초대형 테마공원 조성이 시작되었습니다. 완성되기도 전에 많은 사람들은 찬사를 보내고 큰 기대를 했습니다. 그런데 막상 건축설계를 담당한 그는 한 가지 고민에 빠지게 되었습니다. 사람들이 걸어 다닐 길에 대한 설계를 수십 번 뜯어고쳤지만 만족스럽지가 못했던 것입니다.

'어떻게 하면 공원의 분위기와 잘 어울리고 효율적인 길을 만들 수 있을까?'

그는 쉽게 아이디어가 떠오르지 않아 잠시 일을 뒤로 한 채 여행을 떠났습니다.

차를 몰고 고속도로를 달리고 있는데 길가에서 딸기를 파는 사람들을 보게 되었습니다. 그런데 사려는 사람이 거의 없어 좌판 앞은 썰렁한 분위기였습니다. 무심코 지나쳐 얼마쯤 더 달렸을 때였습니다. 딸기밭 입구에 엄청난 수의 사람과 차량들이 줄을 서 있는 게 보였습니다. 그는 호기심이 생겨 차를 세우고 그곳으로 가보았습니다. 한 할머니가 그 딸기밭의 주인이었는데 건강이 좋지 않아 좌판 대신 새로운 판매방법을 선택했던 것입니다. 만원을 내면 누구든지 딸기밭을 돌아다니며 마음껏 딸 수 있게 한 것입니다. 그것이 연일 수많은 사람들을 딸기밭으로 몰려들게 한 것입니다. 딸기맛으로 치자면 주변의 여느 밭이나 마찬가지였지만 사람들의 흥미를 유발했던 것입니다.

"그래, 바로 저거야!"

그는 순간 떠오른 생각에 그 길로 차를 돌려 자기 사무실로 달렸습니다. 대략 길이 날 곳을 예상해서 그곳에 잔디 씨앗을 뿌리게 했습니다. 그리고 테마공원을 예정보다 빨리 개장하도록 지시를 내렸습니다.

얼마후 공원은 개장되었고 잔디도 조금씩 자라기 시작했습니다. 사람들이 몰려와 이곳저곳을 구경하는 동안 잔디는 자연스럽게 길을 만들어갔습니다. 사람들이 밟고 지나간 자리의 잔디는 노랗게 죽어 길이 만들어졌던 것이지요.

우리는 아무리 노력을 하고 생각을 모아도 마음처럼 풀리지 않는 일에 종종 부딪치게 됩니다. 때로는 그 상황에서 벗어나거나 우회하는 것도 실마리를 찾는 기회가 될 수 있을 것입니다. 행여 성급함에 더러는 분위기에 휩쓸려 무작정 돌진한다는 것은 돌이킬 수 없는 과오를 낳을 수도 있는 일입니다.

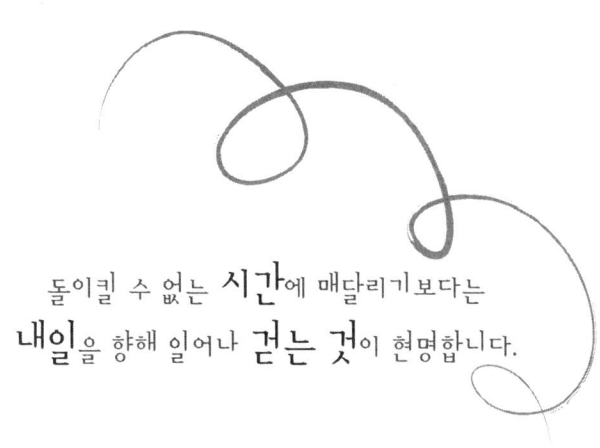

돌이킬 수 없는 시간에 매달리기보다는
내일을 향해 일어나 걷는 것이 현명합니다.

후회의 덫

한 노인이 골동품 도자기 한 점을 안고 길을 걷고 있었습니다. 한눈에도 오래 되고 값이 꽤 나갈 것 같은 도자기였습니다. 길을 지나던 사람들 모두 도자기를 보자 감탄을 할 정도였습니다.

그런데 그만 뜻하지 않은 일이 벌어졌습니다. 노인이 돌부리에 걸려 넘어지는 바람에 도자기가 떨어져 산산조각이 나고 말았습니다. 지나던 사람들은 안타까운 얼굴로 모두들 노인을 주시했습니다. 그러나 노인은 오히려 담담한 표정으로 툭툭 털고 일어났습니다. 더욱 사람들을 놀라게 한 것은 그 다음 노인의 행동이었습니다. 깨진 도자기 조각들을 한쪽으로 치우더니 아무 일 없다는 듯 가던 길을 가는 게 아니겠습니까.

그때 한 사내가 노인의 길을 막고는 어리둥절한 표정으로 물었습니다.

"아니 어르신, 보기에도 꽤 비싼 도자기 같은데 어째서 조금도 서운해 하지를 않으십니까?"

그러자 노인이 허허 웃으며 대수롭지 않게 말했습니다.

"이미 부서진 도자기 따위를 보고 아무리 후회를 한들 무슨 소용이 있겠소? 부질없는 후회를 하느니 차라리 가던 길을 가는 것이 백번 낫지."

노인은 다시 허허 웃으며 길을 걸어갔습니다.

진정한 교육은 먼곳에 있지 않습니다.
거리의 풀 한포기 흐르는 강물에서도
배우게 할 것은 많습니다.

싹을 틔우는 힘

아주 깊은 산골에 사는 한 아버지는 이제 막 중학교에 들어간 아들을 걱정하기 시작했습니다. 십리 길을 걸어서 학교를 다니는 아들이 행여 자신의 환경에 대해 불만을 품을지 모른다는 근심이었습니다. 사춘기로 접어든 나이라 얼마든지 도시에 대한 동경을 품고 그로 인해 성급한 일을 벌일지 모른다는 우려도 생겼습니다.

그러지 않아도 아들은 학교에서 돌아온 뒤 흙탕물에 신발이 젖고 다리도 아프다며 투정을 부리고 있었습니다. 그리고 언제쯤 인터넷을 연결할 수 있느냐며 참았던 불만까지 털어놓습니다. 아버지는 잔뜩 뾰로통해진 아들에게 넌지시 말을 건넸습니다.

"지금 밭에 나가 콩을 심으려고 하는데 도와주지 않겠니?"

그래도 아버지 말을 잘 듣는 아들은 잠시 망설이더니 밑 보이는 투정을 툴툴 털어버리고는 따라나섰습니다.

아버지는 아들이 보는 앞에서 콩을 심었습니다. 가급적 땅 속 깊이 콩을 묻었습니다. 며칠이 지난 뒤 호기심이 발동한 아들은 콩을 심은 곳을 파 보았습니다. 그 속에는 줄기와 노란 떡잎 두 장을 보란 듯이 내밀고 있는 콩이 자라고 있었습니다. 그 작고 어린 생명이 무거운 흙을 비집고 자라고 있었던 것입니다.

아들이 신기한 듯 아버지에게 말했습니다.

"참 재미있어요. 새싹에 눈이 달린 것도 아닌데 꼭 위로만 자라니 말이예요."

"그러게 말이다. 너도 배워서 알겠지만 콩에게 태양이 필요하기 때문이겠지. 햇빛을 받아야 콩은 무럭무럭 자랄 수가 있으니까."

그 말에 아들은 곰곰이 생각하더니 이상하다는 듯 말했습니다.

"그럼 빨리 자라게 얕게 묻으면 되잖아요?"

아들의 말에 아버지가 아들의 어깨를 어루만지며 입을 열었습니다.

"깊게 묻힌 씨앗은 싹을 틔우기는 어려울지 모르지. 하지만 두꺼운 흙을 뚫고 자라기 때문에 뿌리가 깊어지고 줄기와 잎이 튼튼해질 수 있단다."

아버지의 말에 아들은 고개를 끄덕였습니다. 집으로 돌아오는 길에 아들이 아버지의 손을 잡으며 말했습니다.

"제가 콩하고 비슷하다는 생각을 했어요. 지금은 아주 깊고 깊은 산골에서 살고 있지만 앞으로 시내에 있는 고등학교에 진학하게 될 테고 또 더 큰 도시에 있는 대학에 가고 또 졸업하면 제가 하고 싶은 일을 할 수 있겠지요."

아버지는 미소를 머금은 채 아무런 말을 하지 않았습니다. 다만 아들을 잡고 있는 손에 더 따뜻한 온기를 전해주듯 지그시 힘을 주는 것으로 대신할 뿐이었습니다.

화를 내거나 서두른다는 것은
**평화**를 몰아내는 일입니다.
**잠시** 속도를 늦추고 **주위**를 둘러보세요.

# 인생의 또 다른 투자

사업 때문에 밤낮없이 일에만 매달리던 그는 결국 병원을 찾게 되었습니다. 그를 진찰한 의사는 피로가 누적되어 있으니 휴식을 취할 것을 권했습니다. 하지만 그는 화를 내며 의사의 말을 무시했습니다.

"난 말이오? 내 사업을 하기 때문에 내가 직접 나서야 합니다. 매일 서류 가방을 집으로 가져가 해결해야 할 정도로 바쁜 몸인데 쉬라니요?"

그의 짜증 섞인 말에 의사가 질문을 던졌습니다.

"그런데 왜 당신은 밤까지 일을 하려고 하나요?"

"서류들을 완벽하게 정리해야 하니까 그렇죠."

"음, 누구 다른 사람이 대신할 수는 없을까요? 당신의 비서라든가 아니면 유능한 사원을 시켜 그 일을 하게 할 수도 있지 않습니까?"

그러자 그는 미간에 힘을 주며 대답했습니다.

"그런 소리 마시오. 그 일을 할 사람은 나뿐이오. 더군다나 신속하게 처리해야 하는 일이라 내가 직접 나서야 한다고요."

잠시 생각을 하던 의사가 자신이 내린 처방대로 따르겠냐고 물었습니다. 의사가 심각하게 나오자 그는 어쩔 수 없이 그러겠다고 대답했습니다.

"당신은 매일 두 시간씩 산책을 해야 합니다. 그 다음에는 일주일에 한 번씩 하루 반나절 정도 묘지에서 보내야 합니다."

그 말에 그는 펄쩍 뛰듯 놀라며 소리쳤습니다.

"아니, 왜 내가 묘지에서 그것도 반나절을 허비하며 있어야 한단 말이오?"

"거기엔 이유가 있습니다. 묘지를 천천히 돌아보면서 그 안에 잠들어 있는 사람들을 생각하기 위해서입니다. 그들 대부분은 당신과 마찬가지로 한때는 세계를 자신의 두 어깨에 짊어지고 있다고 자부했던 사람들일 것입니다. 하지만 그들은 무덤 속에 잠들어 있을 뿐입니다. 또한 당신이 그들처럼 잠들었을 때도 세계는 지금처럼 여전히 움직이고 있음을 깨달아야 합니다."

의사의 말에 그는 고개를 깊이 숙였습니다.

자기만을 위한 **처세**의 **끝**은 무기가 될 수도 있습니다.
**언젠가는** 자기가 밟아 **상처**를 받는
함부로 버린 **유리조각**과도 같은 것입니다.

## 인생을 사는 방법

한 교수 밑에서 똑같은 가르침을 받고 사회에 뛰어든 두 사람이 있었습니다.

칼을 가는 일은 평생 해야 하는 인생의 지침서라는 말이었습니다. 하지만 교수는 자신의 그 한마디에 두 사람의 미래가 어떻게 달라질지 상상도 하지 못했습니다.

십여 년이 흐른 뒤 두 사람은 전혀 다른 길을 걷게 되었습니다. 한 사람은 높은 지위에 오르고 존경을 한몸에 받아 많은 사람들이 주변에 몰려들었습니다. 그가 이끄는 개발 프로젝트가 큰 성과를 거둬 명성이 국내외로 크게 알려졌습니다.

반면에 다른 사람은 정 반대의 처지에 놓이게 되었습니다. 그는 하는 일마다 어긋나 직장도 여러 번 옮겨 다녔고 대인관계도 원만하지 못했습니다. 몇 년 전에는 구조조정으로 그나마 어렵게 들어간 회사에서 밀려나기까지 했습니다. 그 후 그는 사업을 시작했지만 사기를 당한 채 남은 재산마저 모두 날려버렸습니다.

칠순을 맞은 교수에게 두 사람이 나란히 찾아왔습니다. 어려운 처지에 놓인 사람이 교수를 보자 노골적으로 불편한 심기를 드러냈습니다.

"교수님, 저는 졸업 후 칼을 갈아야 한다는 말씀을 한번도 잊은 적이 없었습니다. 지식을 쌓고 세상 살아가는 일에 대한 준비를 게을리 한 적도 없습니다. 그런데 왜 저에게는 기회가 오지 않는 거죠?"

교수는 말없이 지그시 눈을 감았습니다. 대신 성공한 사람이 나서더니 교수를 향해 말문을 열었습니다.

"저도 졸업 후 교수님의 말씀대로 칼 가는 일에 노력을 다했습니다. 온 힘을 다해 처음에는 칼을 날카롭게 갈았습니다. 하지만 다시 무디게 가는 일도 잊지 않았습니다. 칼날이 너무 날카로우면 다른 사람을 해치고 자기 자신에게도 상처를 준다는 것을 깨달았기 때문입니다."

행복한 씨앗

재주 많은 자식보다는 부모를 위할 줄 아는 자식이 더 큰 그릇입니다

네잇

애정 어린 말이나 칭찬으로
움직이지 못할 것은 없습니다.

사랑을 먹는 나무

수목원으로 한 통의 전화가 걸려왔습니다.

"하도 이상해서 전화를 드렸는데요. 12년 동안이나 꽃을 피우지 않는 나

무가 있어요. 지금까지 꽃은커녕 손톱만한 싹도 본 적이 없어요. 어떻게

하면 꽃을 피울 수 있을지 좀 가르쳐주세요."

수목원 주인은 그 질문에 당황하지 않을 수 없었습니다. 그러나 그는 곧 차분하게 물었습니다.

"어떤 종의 나무죠?"

"그, 그게 사실 잘 모르겠는데요."

우물쭈물하는 반응에 수목원 주인은 약간 단호한 어투로 물었습니다.

"그럼 당신은 평소 나무를 좋아하나요?"

"사실 장모님이 선물로 준 거라 차마 버리지 못하고 억지로 키우고 있습니다."

"음, 그럼 당신 부인은 그 나무를 좋아하나요?"

"전혀요. 십 년이 넘도록 꽃 한 번 피우지 않는 나무를 누가 좋아하겠어요?"

그때서야 수목원 주인은 그 원인을 알고는 타이르듯 말했습니다.

"만약에 어떤 사람이 당신을 좋아하지 않는다면 당신은 그 사람에게 호감을 갖겠습니까? 당신이라면 아무런 스트레스도 받지 않고 꽃을 피울 수 있겠냐는 말입니다."

수화기 저쪽에서는 침묵만이 전해졌습니다. 그가 아무런 대꾸를 하지 못하자 수목원 주인은 조금 더 목소리를 가라앉혀 말을 이었습니다.

"지금부터 그 나무를 잘 살펴보세요. 그리고 그 나무를 좋아하게 될 만한 것들을 찾아보시는 겁니다. 그 다음에 그렇게 멋진 나무가 당신의 마당에 있어서 기쁘다고 이야기해 주세요. 그럼 반드시 꽃이 필겁니다."

주인의 말에 그는 잠시 생각하는 듯하다가 전화를 끊었습니다.

그에게 다시 전화가 온 것은 몇 개월이 지난 뒤였습니다. 그는 매우 흥분한 목소리로 말했습니다.

"말씀해 주신대로 했더니 정말 꽃이 피었어요. 정성어린 마음으로 물을 주고 가지를 쳐주고 칭찬의 말까지 들려주었어요. 우리집의 기둥처럼 마당에 서 있는 네가 너무 든든하고 믿음직스럽다고 말을 해주었지요. 그랬더니 정말 신기하게도 꽃을 피우더라고요. 하하하……"

남에게 **장미꽃**을 바친 **손**에는
언제나 **향기**가 남아 오래 머무는 법입니다.

## 칭찬의 힘

매우 상냥하기로 소문난 사람이 있습니다.

그는 미용실이든 작은 동네 슈퍼든 가는 곳마다 만나는 사람에게 상냥한

인사말을 전합니다. 슈퍼 여주인에게는 인상이 온화해 보인다는 말을 자

주 건넵니다. 미용사에게는 하루 종일 서 있으면 얼마나 다리가 아프겠냐고 위로를 아끼지 않습니다.

거리의 환경미화원을 만나면 그에게도 따뜻한 손을 내밀어 악수를 청합니다. 그럴 때면 환경미화원은 쑥스러워하면서도 기분이 좋아 하얀 이를 드러내며 웃곤 했습니다. 그가 내민 손으로 인해 환경미화원의 비질은 더욱 가벼워보였습니다. 그의 작은 관심은 많은 사람들을 기쁘게 하는 활력소와도 같았습니다.

어느 날, 그는 부산으로 향하는 열차 식당 칸에서 점심을 먹고 있었습니다. 열차는 여름 휴가철을 맞아 빈자리가 없었고 식당 칸도 예외는 아니었습니다. 손님들이 많아서인지 서빙을 하는 종업원들은 쉽게 짜증을 내며 불친절했습니다. 그는 주문을 받으러온 종업원에게 미소를 앞세우며 이렇게 말했습니다.

"오늘 같은 날은 주방장이 아주 힘들겠어요. 이렇게 가만히 앉아 있어도 땀이 나는데 저 뜨거운 주방에서 음식을 만들어야 하다니……"

그 말에 인상을 찌푸리고 있던 종업원의 표정이 환하게 밝아졌습니다.

"힘이 솟는 말씀이시네요. 대부분의 손님들은 이곳에 와서 음식맛이 나쁘다거나 서비스가 좋지 않다고 불평만을 늘어놓기 일쑤지요. 제가 여기서 일한 지 십년이 넘었지만 가마솥 같은 주방에서 일하는 사람들을 걱

정해주시는 분은 처음입니다. 당장 가서 주방장님에게 선생님의 말씀을

들려줘야겠습니다. 주방장님도 아마 매우 기뻐할 겁니다."

종업원은 휘파람을 불며 주방으로 걸어갔습니다.

그 모습을 보는 그의 입가에도 잔잔한 미소가 어렸습니다.

수많은 **소망** 속에 갇혀 꿈꾸기 보다는
깨어나 **목표**를 향해 달려가는 것이 **진정한 삶**입니다.

## 감사의 삶

어느 대학병원 중환자실에 근무하는 한 간호사는 늘 걱정을 달고 살았습니다.

그녀는 여느 때와 마찬가지로 여러 근심과 걱정을 안고 출근했습니다.

사업이 기울어가는 남편과 자녀 교육문제가 그녀의 걸음을 무겁게 만드

는 원인이었습니다. 또한 경제적인 어려움도 겹쳐 그녀는 늘 근심어린

표정을 달고 살았습니다.

하지만 그녀는 환자들을 돌봐야하는 간호사였기에 그런 감정을 감추려

고 노력했습니다. 애써 웃음을 짓고 고통 속에 있는 환자들을 위해 위로

의 말들도 아끼지 않았습니다. 그러나 자꾸만 근심이 표정으로 묻어나오

는 것은 어쩔 수 없었습니다.

결국 그녀의 힘들어하는 모습을 많은 환자들이 알아차리게 되었습니다.

그중에서도 암투병을 하고 있던 한 환자가 그녀의 근심을 읽어내고는 조

용히 다가와 물어왔습니다.

"당신의 소원이 무엇이죠?"

너무 뜻밖의 질문이라 간호사는 당황한 채 선뜻 대답하지 못했습니다.

간호사가 머뭇대자 환자가 다시 입을 열었습니다.

"당신도 밤하늘의 별만큼이나 많은 소원이 있겠죠? 그렇게 많은 소원이

있는 당신이 부러워요. 나는 평생에 한 가지 소원밖에 없거든요. 그게 뭔

지 아세요? 그건 바로 사는 거랍니다."

순간 간호사는 아무런 말도 할 수가 없었습니다. 환자의 말대로 자신은

너무 많은 소원을 갖고 있음을 깨닫게 되었습니다.

'그래, 난 너무 많은 소원들을 빌고 있었어. 형편이 어려운데도 새 집으

로 이사하고자 꿈꾸었고 차도 새것으로 바꿨으면 했지. 아들이 공부를 잘해 좋은 대학에 들어가기를 소망했고 늘 돈이 많았으면 했어. 지금보다 더 좋은 냉장고와 세탁기를 마련했으면 하고 늘 입버릇처럼 떠들고는 했었지……'

자신의 근심은 결국 그처럼 많은 소원들이 만들어낸 삶의 무게라는 것을 깨닫게 되었습니다. 그녀는 자신이 부끄러워 견딜 수가 없었습니다.

삶에는 두 면이 있다고 니체는 말했습니다. 깨어있는 면과 꿈꾸고 있는 면이 그것입니다. 그 중에서 깨어있는 면이 훨씬 우월하고 중요하며 가치 있는 삶의 보람이 아닐까요. 그것만이 '살고 있다'라고 말할 수 있는 것입니다.

교육은 보이지 않는 곳에서
더 큰 결과를 낳는 것입니다.
눈에 보이는 성장만이 전부는 아니겠지요.

# 그림이 키운 세 아들

**매일같이** 한 중년의 어머니가 바다가 보이는 바위에 앉아 눈물을 흘리고 있었습니다.

그녀에게는 세 명의 아들이 있습니다. 세 아들 모두 씩씩하고 꿈이 많은 아이들이었습니다. 남편 없이 혼자의 몸으로 키운 세 아들은 건강하게 해변을 뛰놀고 물고기를 잡으며 어린시절을 보냈습니다. 자연 속에서 건강하게 자라는 모습에서 그녀는 늘 행복할 수 있었습니다. 물고기처럼 자유롭게 뛰놀고 갈매기처럼 마음껏 날개짓하는 아들들을 볼 때마다 뿌듯해서 입가에 미소가 떠날 날이 없었습니다.

그러던 어느 날, 어른이 된 첫째 아들이 고기잡이를 하겠다며 바다로 나갔던 것입니다. 그것이 슬픔의 시작이었습니다. 얼마 뒤 둘째와 셋째도 형의 뒤를 따라 바다로 떠났습니다. 어머니의 만류를 뿌리친 채 그렇게 떠나버린 것입니다. 어머니는 이제 혼자가 되었습니다.

바다로 떠난 세 아들을 기다리며 홀로 지내던 어느 날, 집으로 낯선 사람이 찾아왔습니다. 그는 스케치여행을 하던 길에 잠시 목이 말라 들린 화가였습니다. 물을 건네주던 어머니는 갑자기 설움이 복받쳐 눈물을 흘렸습니다. 이유를 묻는 화가에게 자신의 처지를 털어놓았습니다. 바다에 남편을 잃은 일과 혼자 힘으로 어렵게 키운 아들마저 그곳으로 떠나 죽고 싶다는 신세한탄이었습니다.

"저는 아이들이 어려서부터 어부가 되지 않기를 바랐어요. 그런데 피는 못속이는지 어쩌다 이렇게 됐는지 모르겠어요. 내 팔자가 왜 이런지……"

울먹이는 어머니의 어깨를 토닥이며 위로하던 화가의 눈에 마루 벽에 걸린 그림이 들어왔습니다. 파도가 넘실대는 드넓은 바다를 담고 있는 낡고 오래된 그림이었습니다. 세월의 때가 덕지덕지 묻었지만 아주 역동적이고 꿈틀대는 기운을 느낄 수 있는 그림이기도 했습니다.

"저 그림은 어디에서 났습니까?"

화가의 물음에 어머니는 대수롭지 않게 대답했습니다.

"제가 시집올 때 선물로 받은 건데 왜 그러시죠?"

"음, 그럼 언제부터 저기에 걸려 있었습니까?"

"그러니까 벌써 20년도 넘었지요."

그러자 화가는 미간을 모으며 낮은 목소리로 말했습니다.

"그럼 아주머니의 아들들은 어려서부터 저 그림을 보며 자랐겠군요? 힘찬 파도가 넘치는 저 그림을 하루에도 수십 번씩 보면서 속으로 다짐을 했을 겁니다. 이 다음에 크면 바다에서 젊음을 불사르겠다고 말입니다. 아들들을 바다로 내보낸 것은 바로 저 그림입니다. 그리고 저 그림을 어려서부터 보여준 것은 바로 아주머니 자신입니다."

어머니는 화가의 말이 끝나기 무섭게 벌떡 일어섰습니다. 그리곤 그림을 떼어 내동댕이치더니 더 격하게 통곡하기 시작했습니다. 어머니의 통곡은 밤새 그칠 줄을 몰랐습니다. 하지만 밤바다의 파도소리에 묻혀 잘 들리지 않았습니다.

행복은 멀리 있지 않습니다.
자신의 자리를 알고
그곳에서 **최선**을 다하는 것이 바로 **행복**입니다.

# 행복

그는 토양이 비옥한 커다란 농장을 갖고 있었습니다. 셀수 없을 정도의 많은 양과 염소들 그리고 포도나무 과수원을 소유하고 있었지만 늘 만족하지 못하고 더 큰 부자가 되고 싶었습니다.

어느 날, 떠돌이 성자가 그의 농장에 와서는 말했습니다.

"다이아몬드 채굴사업을 하면 지금보다 더 많은 재산을 모을 수 있을 것이오."

귀가 솔깃해진 그는 어디를 가야 다이아몬드를 찾을 수 있는지 물어봤습니다. 성자가 진지한 태도로 대답했습니다.

"확실히는 모르겠지만 그 다이아몬드는 V자 모양의 산들 사이에 형성된 계곡에서 흘러나오는 강의 흰 모래 속에서 발견된다고 하더군요."

재산을 늘리기에 혈안이 되어있던 그는 당장 농장과 가축들 그리고 과수원까지 모두 팔았습니다. 일확천금에 눈이 멀어 헐값에 서둘러 처분한 것입니다. 그리고 가족들을 친척집에 맡기고는 행운을 찾아 길을 떠났습니다.

그는 전국을 샅샅이 뒤졌지만 그는 끝내 다이아몬드를 찾지 못했습니다. 모든 재산을 탕진해버린 그는 결국 깊은 절망에 빠져버렸습니다. 그는 자포자기 심정으로 절벽에서 뛰어내려 자살을 하고 말았습니다.

한편 그의 농장을 샀던 농부에게는 뜻하지 않은 일이 벌어졌습니다. 어느 날, 강물 속에서 번쩍거리는 예쁜 돌 하나를 발견하고는 그 돌을 집으로 가져와 선반 위에 올려놓았습니다. 그 돌은 햇살이 비칠 때마다 온 방안에 무지개빛을 뿜어냈습니다.

얼마 후 그 떠돌이 성자가 다시 농장을 찾아왔습니다. 그는 돌에서 나오는 무지개빛을 보고는 깜짝 놀랐습니다.

"오, 이런!"

선반에서 그 돌을 집어든 성자는 그만 흥분하고 말았습니다. 그것은 바로 다이아몬드 원석이었던 것입니다. 흥분한 성자가 농부에게 물었습니다.

"어디서 이 돌을 발견했나요?"

어리둥절해진 농부는 농장 옆에 있는 강 아래쪽에서 주웠다고 말했습니다.

"그곳으로 안내해주시오."

성자는 농부를 따라 강으로 갔습니다. 강은 V자 모양의 산들 사이의 계곡에서 흘러나오고 있었습니다. 그곳에는 크고 작은 다이아몬드 원석들이 엄청나게 많았습니다.

사랑은 표현하고 애써 받고자 하는 것이 아닙니다.
하나의 시선으로
바라보는 곳에 있는 행복을 찾는 일입니다.

사랑이 향하는 곳

주말과 휴일도 없이 일에만 매달리는 남편과 결혼한 지 얼마 안 된 그녀는 늘 불만이었습니다.

그녀는 남편이 출근할 때마다 인삿말처럼 잔소리를 늘어놓고는 했습니다.

"오늘은 토요일인데 좀 일찍 들어오면 안 되요? 얼굴 보면서 저녁밥을 먹어본 지가 까마득하다고요."

그럴 때면 남편은 멋쩍은 웃음을 날리며 알겠다고만 대답을 했습니다. 하지만 남편은 그날도 여전히 회사일로 밤늦게 퇴근해 그녀와의 약속을 지키지 못했습니다.

그녀의 불만은 날로 커져 급기야 부부싸움으로 번지고 말았습니다. 그녀는 도저히 참을 수 없다며 자신의 결혼생활에 대해서까지 다시 생각해봤다는 말도 늘어놓았습니다. 남편은 충분히 이해하지만 일 때문에 어쩔 수 없으며 자신은 단 한번도 결혼생활에 대해 불만을 가져본 적이 없다는 말도 덧붙였습니다. 또한 여전히 사랑하고 있다며 그녀를 위로했습니다.

"그렇게 나를 사랑한다면서 눈길 한번 준 적 있어요? 잠을 잘 때조차 당신은 등을 돌리고 자잖아요?"

너무 피곤한 탓일 거라며 남편은 다시 아내를 달랬지만 그녀의 한번 어긋난 감정은 쉽게 가라앉지를 않았습니다. 남편은 한참을 망설인 끝에 입을 열었습니다.

"그래, 내가 잘못했어. 대신 내일 우리 가까운 바다로 바람을 쐬러 가자고. 그러니 그만 화를 풀어."

그녀는 그 말에 아이처럼 좋아했습니다. 바다가 보이는 넓은 창의 카페에서 사랑하는 남편과 마주보며 시간을 보낼 생각에 벌써부터 들뜨기 시작했습니다.

다음날 바다를 찾은 두 사람은 나란히 서서 끝없이 펼쳐진 수평선을 바라보았습니다. 그런데 그녀가 약간 퉁명스럽게 말했습니다.

"당신의 눈에는 보석이라도 박혀있어요? 여기까지 와서도 왜 한번도 나한테 눈길을 주지 않는 거죠?"

그 말에 남편은 그녀의 어깨를 살며시 감싸고는 말했습니다.

"저기 햇살에 반짝이는 물결을 좀 봐. 저게 바로 진정한 보석이지. 사랑한다는 것은 둘이 마주보는 것이 아니라 함께 같은 방향을 쳐다보는 거라구. 지금 우리가 함께 바라보는 시선 끝에는 이 세상에서 구할 수 없는 보석이 있는 거야. 우리가 함께 보는 곳마다 눈부신 보물이 있는 셈이지."

남편의 말에 그녀는 벅찬 가슴에 한동안 입을 열지 못했습니다. 그리곤 오랫동안 남편과 함께 바다를 향해 시선을 보냈습니다.

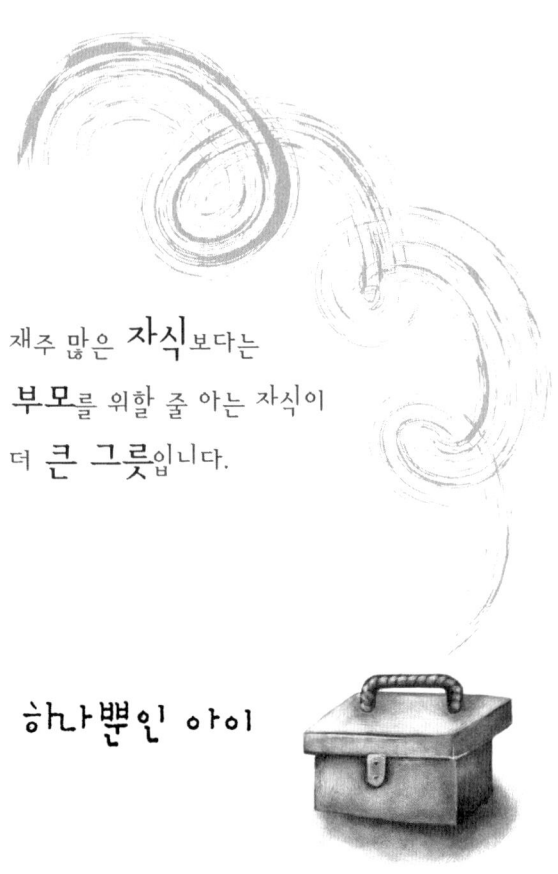

재주 많은 **자식**보다는
**부모**를 위할 줄 아는 자식이
더 **큰 그릇**입니다.

하나뿐인 아이

　　세 명의 여자가 무거운 시장바구니를 들고 나란히 집으
로 향하고 있습니다.

짐이 무거워서인지 그녀들의 걸음은 느리게만 보였습니다. 그 뒤를 따라

한 노인이 걷고 있었는데 걸음의 속도에 차이가 없을 정도였습니다.

한 여자가 아들 자랑을 늘어놓기 시작했습니다.

"우리 아들은 정말 똑똑하고 힘은 또 얼마나 센지 아무도 그 애를 당해내지 못한다니까."

그러자 가운데 있는 여자가 뒤질세라 받아쳤습니다.

"우리 애는 노래에 뛰어난 소질이 있어. 정말 목청이 좋아서 꾀꼬리처럼 잘 부른다니까."

그런데 세 번째 여자는 아무런 말이 없었습니다. 두 여자가 별스럽다는 듯 쳐다보며 물었습니다.

"자기는 왜 아들 얘기 안 해?"

그러자 그녀가 빙긋 웃으며 대답했습니다.

"뭐 자랑할 만한 게 있어야지. 우리 아들은 아무것도 내세울 게 없는 평범한 아이거든."

그녀들이 사는 동네가 가까워질 무렵 공터에서 놀던 세 명의 아이들이 뛰어왔습니다. 그녀들의 아들들이었습니다. 막 씨름이라도 했는지 온몸이 흙투성이인 아들을 본 여자가 흐뭇한 미소를 지으며 반겨 안았습니다. 정말 가수 뺨칠 정도의 실력으로 노래를 부르며 달려오는 아들을 본 여자도 반색했습니다. 그런데 세 번째 여자의 아들은 빙그레 웃더니  시장바구니를 받아들고는 말없이 집으로 향했습니다.

그때까지 뒤를 따라오던 노인에게 두 명의 여자들이 자랑스럽게 물었습니다.

"영감님이 보시기에 어떠세요? 저희 아이들 대견하죠?"

그러자 노인이 고개를 갸우뚱거렸습니다.

"아이들이라니? 난 아이라고는 한 명밖에는 보지 못했는걸."

두 명의 여자들은 노인의 말을 얼른 이해하지 못하고 두 눈만 꿈벅거릴 뿐이었습니다.

부모의 은혜를 헤아린다는 것은 쉽고도 어렵습니다.
하지만 우리가 해야 할 일은 사랑의 실천입니다.

사랑의 느낌

중간고사를 끝낸 성범이는 홀가분한 마음에 친구들과 영화구경을 했습니다.

너무 긴장이 풀려서인지 그것으로 만족하지 못한 성범이는 친구들과 어울려 떡볶이도 먹고 시내를 돌아다니며 밤늦게까지 집에 가지 않았습니다. 집에서 호랑이 같은 아버지가 기다리고 있다는 것을 깨달았을 때는 이미 열한 시가 넘은 시각이었습니다.

성범이는 서둘러 집을 향해 뛰었습니다. 그의 머릿속에는 얼마 전 늦게 귀가했다가 혼쭐이 난 누나의 일이 생생했습니다. 아버지는 영하의 날씨에도 누나를 집밖으로 내쫓아 몇 시간 동안 들어오지 못하게 했었습니다.

'크으, 나도 그냥 넘어가지 않을텐데.'

걱정을 하면서도 성범이는 야릇한 미소를 지었습니다. 그때 밖에서 동사 직전까지 갔던 누나가 무사히 살아난 것도 사실은 아버지 덕분이었기 때문입니다. 아버지는 어머니에게 속삭이듯 말했지만 그때 성범이는 분명 엿들을 수 있었습니다.

"저 아이 많이 추울 게요. 나가서 아버지께 잘못했다고 용서를 빌라고 해요. 그리고 넌지시 데리고 들어와요."

성범이는 대문 앞에 서서 잠시 안의 동정을 살폈습니다. 불이 꺼져있어 한편으로는 다행이었습니다. 어쩌면 아버지가 일찍 잠자리에 들었지 모른다는 생각도 들었습니다. 하지만 아버지는 마당 한가운데 마치 장승처럼 버티고 서서 기다리고 있었습니다.

"긴 말 하지 않겠다. 네가 오늘 저지른 잘못 만한 몽둥이를 구해와라."

성범이는 마당 구석구석을 뒤져가며 몽둥이를 찾았습니다. 그때 성범이의 눈에 삽날이 빠진 삽자루가 들어왔습니다. 성범이는 그것으로 한대 맞으면 기절할지 모른다는 생각을 하면서도 집어들었습니다.

성범의 예상이 적중했습니다. 아버지는 몽둥이를 받아들고는 성범에게 으름장을 놓았습니다. 그때 어머니가 달려와 말리자 아버지는 몽둥이를 들어 때리려는 시늉을 했습니다. 그러나 어머니가 방으로 들어가자 아버지는 몽둥이를 든 손을 늘어뜨린 채 서 있을 뿐이었습니다.

아버지가 몽둥이를 마당 한켠으로 던지더니 마루로 올라서며 한마디 던졌습니다.

"다음부터는 늦지 마라."

성범이는 달려가 아버지의 등을 껴안으며 말했습니다.

"아버지, 사랑해요."

그러자 아버지가 슬쩍 돌아보며 말했습니다.

"그래, 넌 날 사랑할 자격이 있다."

"예? 그게 무슨 말씀이세요?"

"인석아, 아버지의 마음을 훤히 알고 있는데 당연히 그래야지."

# 깨끗함이란

바로 더러움에서 비롯된다는 사실을

여러분은 아십니까?

## 광산의 하얀꽃

깊은 산골에 있는 광산촌에 어느 한 젊은 기자가 취재를

오게 되었다. 기자는 이것저것 기사를 쓰기 위해 광산촌을 돌아다니다가

한 광부의 안내를 받아 직접 갱 속을 구경하게 되었다.

머리에 안전모를 쓰고 지하 철로를 따라 한참을 갱 속으로 들어간 젊은 기

자는 연신 플래시를 터뜨리며 사진을 찍어대느라 정신이 없었다.

그러나 점차 갱 속 깊숙이 들어갈수록 숨도 제대로 쉴 수 없을 정도로 답답했으며 주위는 이루 말할 수 없이 어둡고 황량했다. 주위는 온통 검은 석탄 덩어리여서 플래시가 터질 때마다 검은 석탄 가루가 풀풀 날렸다. 마침내 갱 속의 제일 깊은 곳에 다다른 젊은 기자는 얼른 사진을 마저 찍고 밖으로 나가고 싶은 생각에 일하고 있는 광부들을 향해 재빨리 플래시를 두세 번 터뜨리곤 곧 돌아갈 준비를 했다.

그런데 광부들 중 제법 나이가 들어 보이는 한 광부가 그 기자에게 가까이 다가오더니 손가락으로 구석진 곳을 가리켰다. 젊은 기자는 영문도 모른 채 무심코 눈을 돌려 그 광부가 가리키는 곳을 바라보았는데 그곳에는 놀랍게도 작고 하얀 꽃이 두세 송이씩 무리를 지어 피어있었다.

'아니 이토록 어둡고 지저분한 곳에 저렇게 예쁜 꽃이 피어있다니!'

젊은 기자가 연신 감탄하며 정신 없이 셔터를 누르고 있을 때 그 광부가 손에 석탄 가루를 한 움큼 쥐고 하얀 꽃 위에 살며시 뿌렸다. 그런데 놀랍게도 시커먼 석탄 가루는 맑디맑은 하얀 꽃을 조금도 더럽히지 않고 꽃잎 사이로 스르르 흘러내렸다.

그 날 광산촌을 취재하고 돌아간 젊은 기자가 며칠 후에 신문에 쓴 기사는 이렇게 시작되고 있었다.

〈〈깨끗함이란 바로 더러움에서 비롯된다는 사실을 여러분은 아십니까?〉〉